花鳥雑記

鈴木貞雄

花鳥雑記◆目次

花鳥雑記

かちょうざつき

初日

偶然のことから、家に近い所に、初日を見る格好の場所を見つけた。三年前の元旦、道向うの隣人が夜明前に出掛けてゆくのを見かけて、どこへ行くのかと尋ねると、裏の弘法《ぐほう》寺に初日を見に行くのだという。境内の一角に眺望のきいた広場があり、そこから市川の市街と初日がよく見えるという。隣人についてゆくと、その場所は墓地の一角にあった。丸太を二つに割った木のベンチが三つほど置かれてあり、周りには二十本ほどの桜の木が植わっていた。すでに、地元の人が四、五十人ほど集まっていた。中には子連れの人もいれば、ペットを連れて来ている人もいる。初日が出る東方には、須和田公園の台地が横たわり、南寄りに市川の町並みが見える。町並みの上には垣のように雲が低く連なっている。初日は、その雲垣のどこからか出るはずだ。空が白みはじめて、白光の中を十数羽の鳥が渡っていった。やがて、木立の間で囀っていた小鳥の声が一斉にやんだかと思うと、雲垣の一と処がほのかに赤らんで、顫えるように日輪が頭を出した。その色はまさに韓紅の色であった。

日輪はぐんぐんと上り、周りに赤光の漣を広げてゆく。そして、時々、草田男が〈曼珠沙華落暉も蘂をひろげけり〉と詠んだ光の蘂《しべ》を伸ばした。それは、太陽の外側を包むコロナが放つ光なのであろう。雲の上に完璧な姿を現した太陽は、光の坩堝といった感じで、もう、まともに見ることはできなかった。ふと後ろを見ると、私の影が長く伸びて、三十メートルほど先の樫の木に映っていた。小さな私が、巨人になったかのようである。

隣の墓地には、香と供花を持った家族連れが初参りに来ていた。

三々五々人々が去っていったので、私もその場を離れ、境内中央に柵で囲ってある伏姫桜のほうへ足を運んだ。樹齢四百年余の老桜は、曽て風生が〈まさをなる空よりしだれざくらかな〉と詠んだ桜である。冬は葉一つない裸木だが、枝垂《しだ》れた枝はすでに艶めいて木の芽の準備をしていた。墓地の雑木を抜けてきた初日が枝に当たると、枝はおののくように弾んだ。すべての命あるものが太陽の光を待ち望んでいたのである。

私は初日のやわらかな日差しを浴びながら、太陽が放つ光と熱が原子爆弾や原子力発電と同じ核エネルギーである不思議を思った。太陽の場合には、同じエネルギーが、生きとし生けるものの命を育むエネルギーになっている。それを可能にしているのは、太陽と地球を隔てる一億四千九百六十万キロという距離である。その隔たりが、強大なエネルギーを和らげ、放射線のような有害な粒子線を遮断してくれているのだ。

地球が生れてから四十六億年間、太陽は地球に光と熱を送りつづけ、生命を育んできてくれたのである。初日に向かって私は改めて手を合わせた。

初夢

初夢は新年の何時見る夢であろうか。歳時記を見ると、大晦日、元日、二日のそれぞれ夜から翌朝にかけて見る夢と出てくる。古くは、初夢は、節分の夜から立春の明方にかけて見る夢であった。それが、室町時代には、除夜から元日の明方に見る夢に変わり、江戸時代には、元日の夜から二日の朝に見る夢に変わり、更に、二日の夜から三日の朝に見る夢に変わっていった。これは、年の初めの意識が元日になったこと、除夜は多くの人が徹夜で眠らなくなったこと、二日が多く仕事始めの日になったことに関連があるようだ。ともあれ、大晦日の夜から新年にかけて、年の初めに見る夢を初夢といったらよいだろう。

よい夢を見るために枕の下に敷く七福神と宝貨を描いた宝船の絵は、江戸時代になって売り出されたもので、室町時代は空船《からぶね》の絵であった。悪い夢を見た時に、その夢をこの空船に乗せて、翌日川に流したのである。江戸時代になって商業が盛んになり、悪夢を流し去るよりも、富を得る夢を見ようと、空船が宝船に変わったのだ。

昔からよい夢は「一富士二鷹三なすび」といわれている。一番目の富士は日本一の山であり、二番目の鷹は鷲と並んで鳥の王であるから分かるのだが、三番目のなすびとなるとよく分からない。昔の人も分からなかったらしく、三つとも駿河国の名物であるとか、三代仇討ちを表しているとか、なすびは「成す」の縁であるとかと諸説紛々である。

私は未だに、この三つのどの夢も見たことがない。曽て同僚であった加藤陽画伯に描いてもらった宝船の絵を敷いて寝たこともあったが、やはり、見ることができなかった。

もともと私は、あまり夢を見る質《たち》ではない。その私が、「若葉」の主宰を継いでから数年間、三日とあけずに夢を見た。そのほとんどが遅刻の夢である。私の勤務していた中学校は朝八時十分の始業なので、六時には起床し、七時には家を出なければならない。雨や雪の日は更に早く起きなければならない。朝寝坊して飛び起きると、慌てて駅まで自転車を飛ばす。車中も車輌から車輌へ足早に移動する。駅に着いてから学校までは駆け足だ。が、既に始業のベルが鳴り出している。と、そこで夢から覚めて、冷汗をびっしょりかいているのである。

私は遅刻の夢を見る理由がよく分かっていた。「若葉」の主宰を継いでからは、締切に追われていた。毎月の「若葉」の選句や原稿の締切、総合誌からの依頼原稿の締切など、頭の中は、いつも時間のやりくりで一杯であった。そのストレスが、遅刻という形で夢に現れたのである。数年後、学校を辞めて俳句だけの生活になった時、遅刻の夢は搔き消すように消えた。

今、私が見たい夢は、

初 夢 や 成 吉 思 汗《ジンギスカン》 と 馬 並《な》 め て

馬に乗れなかった元馬術部長の、叶わぬ夢である。

年賀状

ここ数年、二、三の友人から、「来年からは年賀状をお送りするのをやめさせて頂きます」という添書のある年賀状が届くようになった。その理由は、主に二つある。一つは、病気などで体力的に重荷になってきたというものと、もう一つは、儀礼的な年賀状をこの辺でやめたいという考えからくるものである。

儀礼的な年賀状を中止したいという気持も分からないではないが、かといって、ふだん相手に手紙や葉書を書くかというと、そうでもない。いつの間にか音信が途絶えてしまうことが多いものだ。年一回の儀礼的な葉書であっても、日常会っていない相手の消息が分かるというだけで意味があると、私は思う。が、問題は、その枚数である。数十枚なら、一人一人の顔を思い起こして楽しく書くこともできるが、数百枚、或いは一千枚近くになると、負担にさえなってくる。

世のつねに習ふ賀状を書き疲る　　風生

筆まめであった風生先生も、年賀状を書かれるのは大儀であったに違いない。逓信省や俳壇、若葉関係などのほか、親戚、友人等々、義理堅く書いていたら一千枚近くになったのではあるまいか。私はそれほどの数ではなかったが、それでも、教職に就いていた頃は毎年五、六百枚の賀状を書いた。大晦日までかかって、恩師や友人、親戚宛のものを書き終え、元日からは、教え子や卒業生、父兄宛の返事をせっせと書いた。書き終ると、一月も半ばを過ぎており、時としては二十日近くになることもあった。そんな時は、東京の正月は七日までだが、関西は十五日、地方によっては二十日正月もあるのだから、まだまだ松の内だと嘯《うそぶ》くことにしていた。

頂く年賀状は、「謹賀新年」などで始まる昔ながらのものから、最近は、パソコンを使ってプリントしたものや、家族写真などが多くなった。教え子から貰うものはほとんどが後者である。プリントされたものは、書き手の個性が出ていて面白いし、写真が写っているものは、相手の家族状況が一目瞭然に分かるよさがある。しかし、それだけでは、何か味気ない気がする。一、二行でも、自筆の添書が欲しいのである。添書を読むと、字の癖や文体から、書き手の人柄が浮んできて懐しさを覚えるのだ。

年賀状を書く季節になると、いつも、どうしたら多くの賀状を能率的に書けるだろうかと、頭を悩ます。最近は版画工房に依頼して、干支の版画と私の歳旦吟を印刷してもらっているが、必ず、二、三行添書をする余白を作ってもらうことにしている。デザインがどう変わっても、添書をする余白だけは残しておきたいのである。

あらたま

「あらたまの」は「年・月・春」などに掛かる枕詞である。『万葉集』では「あらたま」に「荒玉・荒珠・璞」などの字が当てられており、本来は掘り出したばかりの磨かれていない玉の意であった。荒玉は砥《と》で磨くので、トと同音の「年」に掛かり、更に意味が近い「月・春・来経《きふ》(年月が来て過ぎさる)」へと広がっていった。

「あらたまの年」の言い方が定着してくると、「あらたま」だけで新年を表すようになり、「新玉」の漢字が当てはめられるようになった。

このように枕詞が独立して名詞になった例は他にも幾つかある。その代表が「たらちね」であろう。『万葉集』では「垂乳根の」「足乳根の」などと書かれており、「乳房の垂れた」「乳の満ち足りた」の意である。「たらちねの母」が定着してくると、「たらちね」だけで「母」を表すようになった。

「ひさかたの」は「久方の」「久堅の」などと書かれ、「天《あめ》・雨・空・月・日・光・雪・雲」などに掛かる枕詞である。「ひさかた」も独立して「日・月・久しいこと」などを表すようになった。

「こもりくの」は「隠国の」「隠口の」などと書かれ、曽ては大和の「初瀬」に掛かる言葉であったが、最近は、「隠国の秩父」「隠国の伊賀」など山に囲まれた土地の人々が使うようになった。これも、枕詞が独立した例である。

「あらたま」に戻るが、歳時記で「あらたまの年」を引くと、近年は、「あらたま」だけで新年の季語として用いている例句に出合う。

新玉のうら淋しさの故知らず　富安風生

あらたまの雪うすうすと信濃口　上田五千石

あら玉の水に遺愛の古端渓　野見山ひふみ

あらたまの彩はこびきし緋連雀　きくちつねこ

あらたまの懸けて山越阿弥陀かな　岡井省二

すべて、古典の「あらたまの」とは違い、自由な掛かり方をしている。掲句の第一句に挙げた風生の句は、昭和五十三年、九十四歳の作である。風生は九十歳を超えてからも新しい季語に挑戦し、毎年のように「あらたま」で句を作っている。同じ九十歳代の作〈しみじみと年の港といひなせる〉の「年の港」という季語も、歳時記で目にして心惹かれ、使ったものだ。

風生のように何歳になっても新しい季語に関心を持ち、新しい俳句を詠んでゆこうとする姿勢を、我々は見習いたいものである。

黒豆とちょろぎ

わが家の正月料理の中で毎年欠かさない手料理に、黒豆・きんとん・五万米がある。

黒豆は丹波の黒豆を買ってきて、数時間湯に浸し、更に大鍋で五時間かけてことこと煮る。「見つめる鍋は煮えない」という諺があるように、豆を煮る時にはちょいちょい蓋を開けて覗いてはいけない。その加減は妻がよく知っていて、ふっくらと煮上がった頃に火を消して、一晩寝かせる。固くもなく水っぽくもなく仕上げるのがコツだ。

きんとんは甘藷を茹でて裏漉しにし、栗を混ぜて作る。五万米はカタクチイワシを買ってきて電子レンジで加熱した後、砂糖と醤油とみりんを煮立てた汁にからめて作る。子供がいた時分はカタクチイワシの腸《わた》を一つ一つ取り除いていたが、今は我々だけになったので丸ごと頂く。私は、腸のある少し苦みのあるほうが好きだ。

黒豆の艶を出すのに必要な錆釘ときんとんの色艶を出すためのクチナシの実を調達するのは私の仕事で、錆釘は物置をひっくり返して探し、クチナシの実はクチナシの木を植えている人に頼んで貰ってきた。今は錆釘に代わって鉄玉子を使い、クチナシの実は店で買ってくる。

ところで、重箱に黒豆を詰める時には、必ず脇にちょろぎを添える。ちょろぎに初めて出合った時は、一体何物かと不審に思って箸を伸ばすことができなかった。古句にも〈重箱にのこりしちよろぎばかり哉　茶岳〉の句があるので、昔の人も敬遠したに違いない。ちょろぎについてはどの歳時記にもほぼ同じことが書かれているが、要領を得ていると思われる『俳諧歳時記』から引用しておく。

「草石蚕《ちょうろぎ》は、春苗を生ず。茎方にして葉と共に毛刺あり。葉は荏《えごま》の葉に似て、狭くして皺あり、黄緑にして対生す。秋に至りて苗の高さ一、二尺、梢に二、三寸の穂状の淡紫の花を開く。紫蘇の花に似て大なり。冬に至り根の下に、別に繭に似たる根を生ず。長さ一寸ばかり、連珠ありて一頭は狭く尖り、一頭は蛤の形に似て白し。この根を梅酢に漬けて新年喰積の具となす」とある。少し補足すると、ちょろぎはシソ科の植物で、江戸時代に中国より渡来した。澱粉を含まず、少糖類のスタキオースを含み、糖尿病に効くという。ちょろぎを、草石蚕・土蛹・甘露子などと書くのはその形が蚕や蛹、露に似ているからであろう。正月に食するようになったのは、長老木・丁呂喜などと当て字をして縁起をかついだからだ。

黒豆とちょろぎの組合せは誰が考えたか分からないが、素晴しいセンスだと思う。黒と赤の色のコントラスト、玉と円錐（或いは螺《つぶ》状）の形のコントラスト、濃やかさと爽やかさの味のコントラストが絶妙である。俳句に取合せによる作り方があるが、二物衝撃などという言葉を使わずとも、黒豆とちょろぎのような取合せの句が詠めたら、どんなにか不思議な空間が生れることであろう。

初場所

砂被りの席で初場所を見物する機会を得た。土俵の西の席である。砂被りというのは、力士の白熱した取組の時に、桟敷に砂が飛んでくることがあるので付いた名であろう。しかし、今の土俵は突き固められてあるので、砂が飛んでくることはめったにない。飛んでくるとすれば、塩であろう。歌舞伎では最前列の席を「雪の列」というが、これは実際に雪の場面で膝に三角形の雪片が散ってくる。

砂被りでは飲食が禁じられており、時々、テレビカメラが回ってくるのでじだらくな格好はできない。しかも、私の席の後は報道陣の席で、出入りや体を動かすのにも気を遣った。砂被りは意外と窮屈なのである。

西の席は力士が土俵に上がって仕切りをする真後ろに当たるので、力士の大きなお尻を見ることになる。押し相撲で一気に勝負がつく時などは、力士のお尻だけを見て取組が終ってしまう。見る席としては、正面席と向正面席のほうがいい。とはいうものの、力士が土俵に上がる際の表情や肌の艶が近々と眺められるのが、この席の特典である。

配られた星取表を見て驚いたのは、外国出身力士が多いことだ。十両以上の力士を見ても、モンゴル・中国・ブラジル・エジプト・ブルガリア・ロシア・グルジアと七か国に及ぶ。中でもモンゴル出身の力士が圧倒的に多い。四股名《しこな》も、以前は出身地の旧国名や山河の名が多かったが、今では国際化を反映してバラエティーに富んでいる。因みに、十両以上の力士の四股名を数の多い順に並べてみると、「龍」の付く力士が九人、「富士」「山」の付く力士が各六人、「鵬」の付く力士が五人、「海」「風」の付く力士が各三人、「里」「鷲」「狼」の付く力士が各二人、その他「桜」「島」「城」「嵐」「勢」……などである。このうち「龍」「鵬」「狼」の付く力士のほとんどはモンゴル出身の力士である。

相撲を見る楽しみの一つに行司装束がある。行司装束が今の立烏帽子、直垂《ひたたれ》に変わったのが明治四十三年で、最初の両国国技館が開館した翌年のことである。それ以前は武士の礼装である裃《かみしも》であった。行司の一人ひとりが身につける装束の柄が違っており、十両、幕内、三役と番付が上がってゆくにしたがって華美になる。裸一貫の力士と華麗な行司の衣装の取合せに、相撲の美学を感じた。

相撲を見ていると、俳句に似ていると思うことがある。一つは、直径十五尺(約四・五メートル)という土俵の狭さであり、一つは、四十八手など形を重んじる点であり、一つは、瞬時に勝負が決まる点である。俳句も十七音という短い詩であり、季語や切字などの形式を重んじる。また、俳諧の時代には短時間につくる即興性が求められた。作句に多くの時間が与えられている現代でも、一句のイメージと言葉が結晶するのは瞬時である。その集中力を養うには相撲同様、不断の努力が欠かせないと思った。

初観音

以前、市川の国分に住んでいた時には、すぐ隣の下総国分寺に初詣をするのが常であった。大晦日の夕暮になると境内で火が焚かれて、近隣の人々が三々五々集まってきては、除夜の鐘を撞かせてもらう。私も列について鐘を撞き、その後、初詣を済ませた。

百八つの鐘を間違いなく撞くにはどうするのかと疑問に思ったことがあるが、それは永平寺で越年した時に解明した。鐘の脇に立った役僧が、鐘を撞きに集まってきた僧に、百八つの数字を書いた札を一枚ずつ渡していたのである。札を受け取った僧は一撞拝礼した後、その札を返してお勤めに戻っていった。下総国分寺でも同じ方法をとっていた。

ついでにいうと、明六つ、暮六つの鐘を打つにも工夫があったのである。或る日鐘楼に上ってみると、柱の脇に六つ小石が並べてあった。最初は、子供が遊んで置き忘れたのであろうと思っていたが、そうではなく、寺男が鐘を撞くために使っていたのだ。鐘を一つ撞くごとに小石を一つ脇へずらしてゆく。こうすれば、間違いなく撞けるのだ。鐘を六つ撞くのにどうしてそんなことが必要かと思う人がいるかも知れないが、一生懸命に撞いていると、六つでも分からなくなるものだ。

数年前に同じ市川の弘法寺下に移り住むようになってからは、暫く弘法寺にお参りをしていたが、今は、浅草寺に詣でることが多くなった。それは、「若葉」の同人会が毎年一月に浅草で開かれるからである。

私は仲見世通りをまっすぐに進んで、本堂前の大香炉でねんごろに香煙に浴し、竜の口のある御手洗で口を漱いでから、観音様のお参りを済ませる。

その後、御影堂に向かう。御影堂には十二支に因んだ十二体の仏様が並んでいるので、午年生れの私は守護仏、勢至菩薩の前に進んで座る。仏様の前に近々と座れるのは有難いことで、親しい感じを覚える。最近はお堂も床暖房されるようになって、座るとぽかぽかと温かい。厳粛さはいささか減少するが、仏様にはより親しみが持てるようだ。

今は五重塔に入るのが難しくなったが、以前は毎月十五日に塔が開扉されて、自由に中へ入ってお参りすることができた。浅草寺の五重塔は塔院の形式をとっており、塔内には一層ごとに奉安室、霊牌殿、宝物殿などが設えてある。私の知人の位牌が霊牌殿に祀られてあるので何度かお参りをしたが、中に入ると弥陀三尊・聖観音を取り巻いて、五輪の供養塔や永代供養位牌が所狭しと立ち並んで、厳粛な気持に浸ることができる。

浅草寺の初詣を済ませた後、時間があれば、駒形どぜうや並木の藪などに寄って酒杯を傾けることもある。これも、初観音の楽しみの一つである。

形

菊池寛に「形」という短編がある。粗筋はこうだ。

摂津半国の主であった松山新介の侍大将に中村新兵衛という大豪の士がいた。畿内を分領していた大名小名の手の者で、「槍中村」を知らぬ者は一人もなかった。それほど、新兵衛はそのしごき出す三間槍で先駆け殿《しんがり》の功名を重ねていた。また彼の武者姿は、戦場で水際立っていた。火のような猩々緋の服折を着て、唐冠の兜をかぶった新兵衛の姿を見ると、敵は浮足立った。

或る時、主君の側腹の子が初陣に当たって新兵衛の猩々緋と唐冠を貸してほしいと願ってきた。新兵衛は、その無邪気な功名心を快く受け入れた。翌日の戦で、新兵衛の猩々緋と唐冠を着けた若者は一気に敵陣に乗り入れ、端武者三、四人を突き伏してゆうゆうと味方の陣へ戻ってきた。その日、黒革縅《おどし》の鎧を着て南蛮鉄の兜をかぶっていた新兵衛は、若者の華々しい武者ぶりをみて、自分の〝形〟がこれほどの力があることに誇りを感じた。

二番槍は自分が合わそうと、新兵衛は敵陣に突進した。しかし、いつもは戦わずして浮足立った敵陣が、ビクともしない。ともすれば、敵の槍の穂先が身をかすった。手軽に兜や猩々緋を貸したことを後悔する念が新兵衛の頭をよぎった瞬間、敵の突き出した槍が彼の脇腹を貫いていた。

この短編で菊池寛が表したかったのは、〝形〟が持つ力である。新兵衛の〝形〟である猩々緋の服折と唐冠の兜が力を持ったのは、新兵衛の槍の実力によるのだが、一方で、力を備えた〝形〟は、新兵衛に実力以上の力を与えたのである。若武者に自分の〝形〟を貸し与えた新兵衛は、地力で戦うしかなく、勇み立った敵に敗れたのだ。

ところで、俳句における〝形〟とは何であろうか。それは、五七五の韻律と季語と言っていいだろう。万葉集の時代に、日本人は自分たちの詩の〝形〟を模索していた。様々な詩型が試みられ、次第に五七五七七の〝形〟に集約されていった。そこで偶々生れた五七五の〝形〟が、後の連歌の時代に至って確固とした地位を獲得し、更に季語を得て、俳句の〝形〟が確立したのである。

新兵衛の〝形〟は一個人が作り出したものだが、俳句の〝形〟は、民衆が作り出し、数百年の時が支えてきたもので、それだけ強固であると言っていい。

五七五の調べは日本語を表すのにふさわしく、日本人の心の琴線に触れたのであり、また季語は、小さな詩である俳句に大きな世界を与え、日本人の嗜好にも適ったのである。

一つの〝形〟が生れると、必ずそれを打ち破ろうとする動きが生れるものだ。俳句の歴史においても、無季、自由律の運動が何度か興っているが、それが俳句の〝形〟を覆すことはなかった。むしろ、そのつど、俳句の〝形〟はその存在価値を再確認し、強靱になっていったのである。

俳句と発句

現在、俳句と発句《ほっく》は同じように考えられているが、本来、発句は連歌の第一句であり、俳句は、発句が連歌から独立してからの呼び名である。我々は芭蕉の俳句、蕪村の俳句などと言うが、当時の人々は発句と言っていたのである。

俳句と発句は一見違いがないように見えるが、実は本質的な違いがある。それは、発句は連歌の一部であって、発句に続く脇・第三……の句を意識して詠んでいるということである。言葉を換えて言えば、共同制作者としての他者を配慮して詠んでいるのだ。

それに対して、俳句は、全く個人の文学であって、他者を意識する必要はない。

発句の作者は何通りかのイメージの選択ができるような開かれた句を詠むが、俳句はそれ一句で完結している。言わば、閉じられた世界であってよいのである。俳句になって、作者は個々の世界を自由に表現できるようになったが、一方で、発句が持っていた大らかな世界を失ったと言えるだろう。

連歌師の里村紹巴は、発句は連歌の第一句だから「格調高く、余情があって、平板でないような」句を詠めと述べている。発句は連歌一巻を調べる格調の高さを求められ、他の句とは違うという独自性を表すために、「や・かな・けり」といった切字が使われたのである。

ここで、発句の一、二を例に取り上げてみよう。

さまざまのことおもひ出す桜かな　　芭蕉

芭蕉が故郷に帰って、二十年ぶりに旧主蟬吟の故園の桜を見て追懐した一句である。眼前の花を見て芭蕉の脳裏には様々な思いが駆け巡ったであろうが、具体的には何一つ述べていない。これを読んだ読者の頭には、それぞれ桜と自分との思い出が像を結んだであろう。芭蕉の一句が呼びかけ、読者がそれに応えてイメージを描き出し、句の世界は広がってゆくのである。

霧ながら大きな町へ出でにけり　　移竹

江戸中期の俳人、田川移竹の作である。霧深い大きな町へ出たとだけ記して、あとは何も述べていない。しかし、読者は、自分の経験と照し合せて、峠を越えてやっと辿りついた地方の大きな町とか、街道を旅してきて着いた宿場町とか、さまざまな町を思い浮べるであろう。更にこの句の懐が深いのは、江戸時代という時を超えて、現代でも通用する点である。東京でも京都でも、ロンドンでもニューヨークでもよいのである。芭蕉の句も移竹の句も、時空を超えた句と言えるだろう。

発句にはこうした懐の広さがある。現代俳句が古いとして退けた発句が持つ格調の高さ、懐の広さを、我々は今一度見直すべきであろうと思う。

調べは心の顫え

季語と並んで俳句で最も大切なものは調べである。調べがあるがゆえに、俳句は散文ではなく詩になり得るのだ。

西洋や中国の詩では音の響き合いである押韻《おういん》を大切にするが、日本の詩の場合には、日本語の性格上、韻が短く、その効果が薄いため、代りに音数律が使われてきた。五音と七音の組合せによる言葉の音数によるリズムが、日本人の心の琴線に触れたのである。短歌と俳句がその代表であり、明治の初めの新体詩もそれに倣った。

俳句は一行で間をあけずに書くが、それが俳句だと知っている人は、五、七、五の後に間をおいて、切って読む。それが、俳句の基本のリズムを作りだす。俳句を知らない子供や外国人がこれを読んだら、ただ棒読みするだけでリズムは生れてこないであろう。

五七五の簡潔なリズムをどう生かすかが、俳句表現においては大切になってくる。五七五といっても、その切れ目に用いる言葉によって、切れの強弱、間合は様々である。「や」「かな」「けり」は最も強い切れであり、「の」「つ」「て」などは弱い切れといえる。更に、上五から中七、中七から下五へと言葉を繋ぐ句跨りの手法によって、調子を変えることもできる。また、切れのほかに、漢語や和語の組合せや言葉の選択によって、全体の調べを重厚にも軽快にも表現できる。

たとえば「美しい」という感情を音声で表現すると時には、その度合いを感情を込めることで表すことができるが、活字の表現では一律に「美しい」である。しかし、言葉の旋律や切字の使い方によっては、音声での表現と同じように、感動の度合いを表すことも可能である。それは、一《いっ》に調べにかかっている。

俳句が散文と違っているところは、内容を正確に伝えることに目的があるのではなく、感動をあるがままに伝えるところに目的がある。そして、その感動は調べとなって表現されるのだ。たとえば、ハッと驚くような事柄に出合って詠まれた句には、驚きの調べがあり、ゆったりと心安まる光景に出合った時には、ゆるやかで平安な調べがある。内容と調べとの間にズレがある時は、その感情がまことではないと分かる。たとえば、深い悲しみを詠んだ時に、沈痛な調べがなくただ平坦な調べであるならば、その人はそれほど悲しんでいないということだ。調べの真実とは、詠まれた内容と調べとが一致していることである。芭蕉が「句調《くとの》はずんば舌頭《ぜっとう》に千転せよ」と言ったのも、同様のことを述べている。

推敲は俳句では大切であるが、その場での感動を失わないようにすることが肝要である。推敲してなめらかな表現に変わっても、元の感動のリズムが失われていたなら、何の意味もない。調べとは、作者の心の顫《ふる》えであり、息遣いである。それが、作品を通して伝わってくることが大切である。

切字について

切字を考える場合には、俳句の母体になった連歌について考えなければならない。一つの短歌を、五七五の上の句と七七の下の句に分けて二人で詠むことから始まった連歌は、初めのうちは二句合わせて一首の短歌になればよかったが、この形式が確立してくると、一句一句の独立性が求められるようになった。特に、発句《ほっく》は連歌の第一番目の句であり、独立性が強く求められたのである。

平安時代末に書かれた源俊頼の『俊秘抄《しゅんひしょう》』には、「『夏の夜は短きものといひそめし』といひて『人は物をや思はざりけん』と末にいはせんは悪し。この歌を連歌にせん時は『夏の夜を短きものに思ふかな』といふべき也」とある。当時は二句の短連歌であったので、「夏の夜は短きものといひそめし／人は物をや思はざりけん」だと一首の歌になってしまうのだ。それを避けて連歌の形式にするには、発句に「かな」の切字を用いて、「夏の夜を短きものに思ふかな」としなければならなかったのである。

切字として連歌師の宗祇が挙げたのは「や・かな・ぞ・か・よ・もがな・けり・ぬ・つ・ず・じ・らん・し・せ・れ・へ・け・いかに」の十八字である。このうち「や」から「もがな」までは助詞、「けり」から「らん」までは助動詞、「し」は形容詞の終止形、「せ」から「け」までは動詞の命令形語尾、そして「いかに」は疑問の副詞である。切字というとよく「や・かな・けり」が挙げられるのは、この三語が特に目立つのと、実際に多く使われてきたからである。

芭蕉の時代になると、発句はその形式よりも内容が問われるようになった。連歌の時代にも発句は「長高く(格調高く)、幽玄に(味わい深く)、うちひらめ無き様に(浅薄でないように)」詠まなくてはいけないと言われたが、芭蕉もまた発句に、本意が確かで、曲節があり、余情の豊かな句を求めたのである。一句の形式よりも内容を重んじた芭蕉は、独立した詩情のある句ならば、その句の中で使われている言い切りの語はすべてが切字になると考えた。「切字に用ふる時は、四十八字皆切字也。用ひざる時は一字も切字なし」(去来抄)の言は、芭蕉のそうした考えから発せられたものである。現代俳句における切字の考え方も、多くがこの芭蕉の考えを踏襲している。

明治以後、発句が連歌から独立して俳句と呼ばれるようになってからは、付句からの独立性を意識する必要性がなくなった。現代俳句における切字は、句の独立性を維持することよりも、一句の中における「間《ま》」の作成にその役割があると思う。すなわち、「や・かな・けり」は大きな「間」であり、「の・て・も・に」などは小さな「間」である。更にその間に様々な度合いの「間」を持つ切字がある。それらを一句の中で自在に使い分けて句にリズムを生み出し、余韻を作り出すことが、現代の切字の役割だと私は思っている。

立体的写生

美術館で時々、デッサンが展示されることがある。その時、画家のデッサンと彫刻家のデッサンとでは大いに違うことに気づく。画家のデッサンは風景にしろ人物にしろ、あくまでも平面の中に描くことを前提としている。ところが、彫刻家のデッサンは、作品が立体化されることを目的としているので、人物を描く際にも容積(量)として見、様々な角度から眺めたように描かれている。いわば、立体的に写生されているのである。

では、言葉で描く俳句はどうであろうか。絵画や彫刻ではその対象である作品からじかに我々は映像を受け取るが、俳句の場合は、言葉を通して脳裏に映像が作られる。その映像は、平面的にも立体的にも成り得るのだ。

俳句において立体的写生を好んで用いた作家に、山口誓子がいる。誓子はモノの存在に関心があり、モノを構造を持ったものとして把握した。誓子が頻繁に用いた立体的写生の手法は、モノの存在をありありと表現する。

夏草に汽罐車の車輪来て止る　　誓子

大阪駅構内に汽罐車が速度を落としながら入構してきて、やがて止まるさまを描いたものだ。まず前景である「夏草」を描出し、次に何輛か連結している「汽罐車」の総体を描き出し、最後に、大きな「車輪」で像を結ぶ。こう叙することによって、構外から入ってくる汽罐車の全長と重量が奥行きをもって描き出されるのである。

活けし梅一枝強く壁に触る　　誓子

壺に、切ってきた梅を活けたのであろう。その一枝が壁に強く触れていることに作者は関心を持ったのである。一句から、大壺に見事な梅が活けられたこと、それが部屋の隅に置かれていることなどが分かる。この句の場合も、「活けし梅」と梅全体を描写した後にその「一枝」を描き出すことで、梅の枝が立体的に描き出されている。

誓子の影響を受けた敏郎の句にも、こうした写生の句がある。

ころがってゐる虫籠の角が錆び　敏郎

古くなって使われずに転がっている虫籠を描いているが、この句の場合も、まず虫籠全体を表出してから、突き出ている一角を描き出している。こうすることによって、直方体としての虫籠が立体的に浮び上ってくるのである。

三句に共通して言えるのは、まず全体を描き出して、その後、突き出た一部分を描き出すという手法である。そうすることによって、読者の脳裏には立体的な映像が浮び上ってくる。立体的写生が平面的写生に比べて優れているというわけではないが、モノを量感をもって描き出し、実在感を示すのにはふさわしい手法である。

李《り》寅誠《いんそんぐ》博士

平成八年の秋の頃であった。突然、韓国安東市の聖蘇病院から一通の手紙が届いた。披いて、読んでみると、流暢な日本語で次のような内容が書かれてあった。

東京の学会に出席の折、ふと立ち寄った書店で貴方の俳句入門書を見つけ、それを読んでから、若い頃に親しんだ俳句への情熱が蘇ってきた。ついては、作品を見てもらえないだろうか、という趣旨であった。

私は快く承諾した。というよりも、大変嬉しかった。韓国の方が日本の伝統的な詩型である俳句を愛され、ご自身も作ってみたいという情熱に感激したのである。それからは、院長の仕事や外国での学術発表など多忙な日常にもかかわらず、月に一度は必ず手紙を頂いた。時には再三に亘って頂くこともあり、この前の手紙に書いた作品をこう直してほしい、新しくこのような句が生まれたが前の句と比べてどちらが良いだろうか、といった手紙のこともあった。私は、俳句に寄せる博士の並々ならぬ思いを感じた。

五年後、私の許に分厚い小包が届いた。繙くと、博士がこれまで「若葉」に発表された作品に、若い頃の若干の作品を加えた句集の原稿が入っていた。百句とその英訳、一句一句に素晴しい自筆の挿絵が添えてあった。俳句もさることながら、挿絵の精緻さと温かさに私は心が奪われた。博士はこの句集を家族、特にアメリカに住む子息や令嬢のために編集されたのである。私は喜んで依頼のあった序文を書き、日本の出版社を紹介した。その数日後、安東市の病院から電話が入り、博士の急逝を知らされた。私は信じられず、茫然としていた。

それから一か月ほどして、李夫人から人を介し、故人の意志通りに句集を出版したい旨の伝言を頂いたが、その後に生じた諸般の事情によって出版は延び延びとなり、四年余りの歳月が流れ去った。ここに至り、私は、今、句集を出版しておかなければ博士の句集は日の目を見ずに終るかもしれないという不安に駆られ、自費出版を思い立ったのである。幸い、出版社であるふらんす堂の山岡喜美子さんが全面的に協力して下さり、遺句集『父の俳句』(A Father's Haiku My Memories)は、出版の運びとなった。

今年(平成二十一年)の六月、御礼にみえた李夫人と子息の裕國氏に、都内のホテルでお目にかかった。朝鮮戦争勃発の年、博士は三十八度線を越えて北朝鮮から韓国へ越境しようとして、その際大切な句帖を失ったこと。亡くなられた年は旺盛な食欲で、俳句の英訳と挿絵に打ち込んだこと。それが心臓発作を招いたことなど、博士の思い出話に花が咲いて、あっという間に三時間余りが過ぎた。

私が、「博士が句集を残されたのは、虫が知らせたのですね」と言うと、李夫人と裕國氏は大きく頷かれた。

日記

八十代、九十代の方の句に、時々〈存へるつもりの十年日記買ふ〉という句を見かけることがある。十年生きられるかどうか分からないが、とにかく十年日記をつけてみようというその人の気持が、私にはよく分かる。八十年、九十年を生き抜いてきた方にとって、残りの一日一日は貴重なものであろう。その日々の記録を書き留めてゆくことは、取りも直さず、生きる証でもあるのだ。

十年という期間もいいと思う。〝十年一昔〟という言葉もあるが、十年という単位は、未来を見つめ、過去を振り返るのにちょうどよい年月である。

私が日記を書き始めたのは学生時代からだが、いつも三日坊主で終ってしまっていた。継続して書くようになったのは、ここ三十年ほどである。それは、三年連用当用日記というのを使い始めてからだ。一ページを三段に分けて、その一段が一日分なので、書く分量もいいし、三年間を見渡すこともできる。書く分量が多い時は、別の年の余白を少し貰って書き足すこともできるし、後ろにある補遺欄を使うこともできる。また、忙しくて書けない時には、数日分をまとめて書くこともできる。そうした気安さが、長く続いている理由であろう。

私が日記を書くようになったのは、母の影響であろうと思う。母は商売の合間を縫ってこまめに日記を綴っていた。そのうちの二冊を、母の死後、形見として貰った。造本のしっかりした縦罫入りの帳面で、表紙には筆で「日記帖」と認めてある。幅一センチ余りの罫の中に、二行で、一日の出来事がギッシリと書かれてある。出来事の多かった日は二、三行を用いて、更に欄外にも書き足しがある。

元旦の日記を拾い読みしてゆくと、子供や孫一人一人に幾らのお年玉をあげたかが詳細に書かれていて、年齢に応じた配慮と当時のお年玉の相場が分かって楽しい。

因みに、私の昨年元旦の日記を記すと、

「天気快晴。四時半起床。新年の句を考える。七時より一時間ほど江戸川土手を散策。江戸川は鏡のようで、遠く富士が見える。十時朝食。五万米ときんとん、黒豆は例によって妻の手作り。夜、テレビで黒澤明監督の『羅生門』を観る」とある。

アメリカの短編小説家アンブローズ・ビアスは、その著『悪魔の辞典』の中で、「日記」を次のように定義している。

日記〔名詞〕自分の生活の中で、自分自身に対して顔を赤らめずに物語ることのできる部分についての日々の記録。

ビアスらしい皮肉たっぷりの定義だが、真実も含まれていよう。人は日記の中にすべてを書くわけではない。書きたくないことには触れず、書いても、多少は自分を持ち上げて書くものだ。それも人間らしくていいではないかと、私は思っている。

スランガステーン

小学生の頃のことである。その夏も醒井《さめがい》の叔母の家で過ごすことになり、住み込みでわが家を手伝ってくれていた従姉が一緒に行ってくれることになった。一年ぶりに実家に帰省する従姉は家族や知り合いへの土産を選ぶのに忙しかったが、私は至って暇で、出立する前日も仲間と連れ立って浜離宮へ蟬捕りに出かけた。日本橋の三越前から都電に乗って新橋まで行き、そこから築地集荷所の脇を通って堀に沿った道を歩いた。離宮の前に掛かっている小橋を渡ると、みんみん蟬の声がやかましいほど聞こえてきた。

園内に入ると、蟬は至るところで鳴いていて、どこから手をつけていいのか分からない。ふと、丈の低い小松の下を通りすぎると、節くれ立った枝に煤けた脚長蜂の古巣があるのが目に留った。珍しいものを見つけた興奮で、二、三歩近づいた瞬間、弾丸のように飛んできた黒い小さなものにいやというほど左瞼を螫《さ》された。私は、発作的に捕虫網を投げ捨てると、両手で顔を覆って下草の上にうつ伏した。螫された瞼へ手を持ってゆくと、瘤のように腫れあがり、麻酔をかけられたように感覚がない。涙がぽろぽろこぼれてきた。私は、仲間にかまわず一人入口の方へ引き返していた。自宅に着いて鏡に向かうと、顔は、まさに、映画で見たお岩さんそっくりであった。私は、明日、醒井へは行けないと思った。しかし、従姉はケロッとした顔で、「大丈夫、行けるわ。私の家の裏山にあるお寺さんには、どんな毒でも吸い出す不思議な石があるのよ」と言って励ました上、出発する準備がもう全部整っているのだからと、私を説得した。

叔母の家は東海道線の醒井駅から旧中山道を少し歩き、養鱒場のある丹生川を遡った谷間にあった。叔母は私が着くとすぐ、裏の寺から石を取り寄せてくれた。袱紗から取り出した碁石ほどの大きさの黒い石を叔母は水に浸したガーゼで丹念に拭いてから、私の患部に押し付けた。石はひんやりした感触で、瞼にぴったりと付いた。気のせいか、この黒い石が生き物のように瞼に潜んでいる毒を吸い出しているように感じられた。暫くすると、石はひとりでに瞼から離れて、畳の上に落ちた。手を顔に持ってゆくと、これまで膨れあがっていた患部が嘘のように平らになって、重苦しい痺れも消え失せている。

「さあ、こんどは水の中に入れますからね。石が毒をすっかり吐き出しますよ」叔母は畳から石を抓み上げると、それを静かに水の中に落とした。石は沈みながら盛んに気泡を吐き、一、二分もするとコップの底に静まり返った。「毒をすっかり吐いたわ」叔母はそう言うと、コップの中の石を取り出してガーゼで丹念に水気を拭き取り、また、もとどおり袱紗の中に納めた。

その後長い間、この石のことを忘れていたが、或る日『蘭学事始』を読んでいて、この石の正体がスランガステーンであることが分かった。スランガステーンは、大蛇の頭の中に生ずるとも、巨象の化石から作られるともいわれ、よく毒を解くという。

シベリウス

中学生の頃にペンパルというのが流行っていた。文通したい者が会報に名前と住所を登録しておいて、好きな相手を見つけては手紙のやりとりをするのである。私の通っていた中学では、ほとんど海外の友人を選んで文通をしていた。それは、英語の勉強になるのと、外国の友人が得られるという一石二鳥の益があったからである。

或る日、ペンパルに加入していた友人が文通しないかと紹介してくれたのが、フィンランドの中学生シルカ・カイラスオさんであった。

私は、北欧三国の中でも森と湖の国として知られるこの国に惹かれて、早速、シルカさんと文通することにした。といっても、英文で手紙を書くのは初めてで、まず書店へ出掛けて『英文手紙の書き方』という本を買い求め、それに縋ってたどたどしい英文の手紙を書いた。

やがて、十日ほどして返信が届いた。シルカさんは私より一学年下であったが、しっかりした英文で自己紹介がしてあった。それからは、月に二度ぐらいの割合で手紙のやりとりをしただろうか。半年ほど経った頃、シルカさんから船便で小包が届いた。開けてみると、中には『スオミ』(フィンランド語による国名。沼人の国の意)と題した分厚い写真集とドーナツ盤のレコードが入っていた。レコードは、シベリウス作曲の交響詩「フィンランディア」であった。私は初めてシベリウスという作曲家の名前を知った。『スオミ』はフィンランドを紹介する写真集で、その国名どおり、頁を捲っても捲ってもどんよりとした雲と鈍色の湖沼が続くばかりで、時折登場する人物は、船上の観光客や田畑で耕作する人、教会に集まる人々などわずかであった。太陽の光が少なく、それゆえ太陽の光が尊い国という印象を受けた。

私はシルカさんからの贈り物のお返しに、相撲の本と童謡のレコードを贈った。どうして、活花やお茶の本など、女性が好みそうなものを贈らなかったのか今になって悔やまれるが、当時の私には、日本的なものとしてはそれくらいしか頭に浮ばなかったのである。

シルカさんとの文通は一年間ほど続いたが、私が、高校生になると同時に途絶えてしまった。シルカさんから贈ってもらった署名入りの本は今でも大切に取ってあるが、レコードは使えなくなってしまい、新しいＣＤに買い替えた。

私は冬の季節になると、よくシベリウスの音楽を聴く。目をつむって曲に聞き入っていると、大小さまざまな湖沼が浮び、雲の隙間から射す幾条もの光が浮び、フィンランドの叙事詩『カレワラ』の登場人物たちが浮び上ってくる。

シベリウスの音楽には、自然と精霊とが織りなすファンタジーがあり、湖のような静けさがある。それが好きなのである。

石の顔

学生時代のある時期、ボランティア活動をしていたことがある。ＳＣＩ（サービス・シビル・インターナショナル）という団体で、国籍に関係なくあらゆる国の市民が参加でき、奉仕活動と共同生活を通じて、異なった思想・宗教・人種の壁を打破ることを目的とするものであった。どういうきっかけで入会したか、今はハッキリと覚えていないが、多分、キャンパスで会員から声を掛けられて入ったのではなかったかと思う。

ある年の夏、福生の養老院でキャンプがあった。国道から養老院までの道の整備と石垣造り、鶏舎の土台造りが主な仕事であった。私が参加した時は、日本人が六、七名で、他には、アメリカ人、イギリス人、フランス人、インド人など十人ほどであった。

キャンプでは毎日、二人が食事当番に当たり、メニュー作りから食料品の買い出し、調理までの一切を任される。私はインド人と組むことになった。カレーライスなら作るのも簡単だし、誰の口にも合うだろうとメニューは即決し、カレーが本場のインド人が調理を引き受けてくれた。近くの農家の軒に、首を切って逆さに吊るしてある鶏を見つけて買い求め、チキンカレーを作ることになった。私がジャガイモの皮を剥いている傍らで、彼は鶏の調理にかかったが、それを見ていると、鶏冠も蹴爪のついた肉もそのままぶつ切りにして汁に放り込んでいる。私は驚いたが、彼は全く意に介さない。夕食にこのカレーの鍋が出された時、私はとても掬う気にはなれなかった。

国道から養老院までの道に沿った石垣は、プロの石工が一人付いて積み上げていった。我々の仕事は、石置場から猫車に石を載せて、石工のいる所まで運ぶことである。石工は運ばれてきた石を一つ一つ点検しては、大きさの合ったものを選んで積んでゆく。それを見ていると、石の広い面を表に出さず、狭い面を表にして積んでいることが多い。素人考えでは、石の広い面を表にしてゆけば、早く積めて仕事も捗るのにと思うのだが、石工はそういったことは一切しない。一つ一つの石の大きさや各面を丁寧に検分しては、時間をかけて積み上げてゆくのだ。

私が「石垣の表にする面は決まっているんですか?」と聞くと、「石には顔があるんだ。その顔を表に出さなくちゃいけない」と、返事が返ってきた。石垣における石の顔は、おおよそ狭い面で、広い面は側面として隠される。こうすると、石垣は奥行きのあるどっしりしたものになり、百年でも二百年でも保つのだという。

私は、今も、城の石垣や畦の野面積みなどを目にすると、この石工の言葉を思い起こし、中に隠されている石の面を思い描いて、安堵感を覚えるのである。

そんな時、俳句もまたこの石の顔に似てはいまいかと思うことがある。十七音で綴られた俳句の言葉は、いわば石の顔であり、その背後に隠された面が広く深いほど、一句は奥行きのある作品になるのではないか、と思うのである。

アンドリュー・ワイエス

渋谷のザ・ミュージアムで、「アンドリュー・ワイエス」展が開かれているというので観にいった。十三年前も同じ会場でワイエス展が開かれ、その時は百四十点ほどの作品が展示されて、圧巻であった。今回は、「創造への道程《みち》」というテーマで作品数は少なかったが、一つの作品が生れるまでの習作を多く展示しており、作品を完成するまでの作家の道程が分かって、興味深かった。

たとえば、「火打石」という題のテンペラ画がある。海辺に取り残された巨石が火打石に似ているので画家がそう名付けたのだが、荒涼とした磯には、ムール貝やカニ、ウニなどの死骸が散乱しており、その上にでんと巨石が描かれている。この作品を仕上げるために、画家は鉛筆と水彩による七つの習作を残した。習作では、荒磯の上にカニなどの死骸がハッキリと描かれ、巨石の上にはカモメが羽を休めている。背景となる海には、泡立つ波濤が描かれている。しかし、完成された作品では、海辺の生き物たちの死骸は荒磯に紛れるように描かれており、カモメも、泡立つ波濤も消されている。ワイエスは、太古からここに置かれたような巨石の存在そのものを描こうとして、それを邪魔する一切を画面から削ったのである。生き物は全く描かれておらず、カニの甲羅などの残骸と巨石を染めたカモメの白い糞が、今まで生き物がいたことを暗示しているだけである。

この絵の習作を目で追いながら、私は、俳句の創作過程もまた同じではないかと思った。

　ワイエスとの出合いは偶然であった。二十年ほど前、秩父の札所巡りをしていたことがある。帰りの電車を待つ間、だいぶ時間があったので秩父市内をぶらついていると、「加藤近代美術館」という木の看板が目に入った。木造二階建ての蔵造りの建物に惹かれて中に入ると、その第一の蔵がワイエスの展示コーナーになっていた。敷居を一歩跨ぐと、部屋の正面に「決闘」と題した絵が掛かっていた。浜辺に乗り捨てられた一艘のボートと、その脇に打ち捨てられた櫂が描かれているだけで、人物は一人も描かれていない。しかし、「決闘」という題から、一人の男がボートで浜辺に乗り付け、そこで待っていた男と決闘をして、一人が倒れ、一人が生き残ったこと、或いは双方ともに倒れたことなどが想い浮んでくる。精細な描写と想像力を誘う画面に心が惹かれた。そしてもうひとつ、「海辺の猟犬」という絵があった。岬の丘に続くなだらかな斜面に寝そべった一匹の猟犬が、じっと丘と空の境界を見つめている絵である。そこには、永遠を希求する作者の心が感じられた。私は、展示してあった数点のワイエスの作品に魅了され、その虜《とりこ》になった。

　アメリカの国民的画家であるワイエスは、「芸術は、その人の愛が達する深さと同じところまでしか行けない」と述べているが、俳句もまさにそうであろうと思う。

コーヒー

現在、世界の人々が生活の中で最も愛飲しているのがコーヒーではあるまいか。町の喫茶店に立寄ると様々な飲物があるが、主たるものはコーヒーであろう。日本茶を飲ませる茶館や紅茶を飲ませる紅茶店もないことはないが、極めて稀である。それに比して、珈琲店は至る所で目にする。

コーヒーの歴史を『外来語辞典』（荒川惣兵衛著）で引くと、次のようなことが記されている。コーヒーの語源はエチオピアの原産地名カファ kaffa で、日本へは十七世紀にオランダ船が長崎に伝えたという。カタカナのコーヒーはオランダ語のコフィー koffie からきており、漢字の珈琲はポルトガル語のカフェ kafe の当て字である。

コーヒーを沸かして飲むという習慣は最初ペルシャで始まったらしく、一五一七年に、トルコ王セリム一世がペルシャ遠征の際にコーヒー豆を持ち帰り、一五五一年に、コンスタンチノープルに欧州で最初のコーヒー店が開店したという。これだけ見ても、コーヒー豆が様々な経路を辿って、世界中へ伝播していったことが分かる。

私は以前は紅茶党であったが、いつの間にかコーヒー党に変わってしまった。その理由は、仕事と旅にある。「若葉」の主宰を継いでから日々選句に追われるようになり、旅が多くなった。家での選句だけでは間に合わず、外出先でも旅先でも選句をするようになった。仕事と仕事の少しの合間も、喫茶店を探して選句をする。その時頼むのが、コーヒーである。一時間或いはそれ以上の時間を保つのに紅茶では間がもたない。コーヒーならちびちび啜って、間をもたすことができるからだ。

旅先でひとり見知らぬ町を歩いている時、ふと、郷愁を覚えることがある。そんな時には、洒落た喫茶店を見つけてコーヒーを注文する。一碗のコーヒーがたてる香りとその色、コクのある渋みには、言いしれぬ懐かしさがあり、遥かなる思いへと心を誘ってくれる。熱いコーヒーを啜りながら、何も考えず、窓の外の景色をぼうっと眺めている時間は、私にとって至福の時間である。

コーヒーというとすぐ思い出す句に、永田耕衣の

コーヒ店永遠に在り秋の雨

がある。耕衣は加古川の生れで、神戸に長く住んだ。関西では、コーヒーのことをコーヒという。冷え冷えと秋雨が降る日、作者は旅先でコーヒー店を見つけて入ったのであろう。そして、一杯のコーヒーを注文して心と体を温めたのだ。「コーヒ店永遠に在り」というのは、作者の願望であろう。日本国中、世界のどこを旅しても必ずコーヒー店があり、孤独な旅人の心を慰めてくれることを願ったのだ。「孤独は永遠なり」という心境に達した耕衣にとって、一碗の熱いコーヒーは願わしいものであった。

こどものトトロ

アニメーションの宮崎駿監督を初めて教えてくれたのは、生徒だった。当時、司書の先生が全校生に読書ノートを書かせており、担任が毎月それを集めることになっていた。集めたノートを司書の先生に渡す前に、私は一度目を通すことにしていた。その中で一人、いつも宮崎監督の作品について書いてくる子がいた。面談の時に聞いてみると、宮崎監督のファンで、『風の谷のナウシカ』や『天空の城ラピュタ』などを熱心に話してくれた。生徒がこれだけ熱中しているのだから、私も見なくてはならないと思い初めて見た作品が、『風の谷のナウシカ』であった。そして、私も忽ち宮崎監督の熱心なファンになった。

宮崎監督の作品は、『となりのトトロ』『魔女の宅急便』『紅の豚』『もののけ姫』『千と千尋の神隠し』『ハウルの動く城』『崖の上のポニョ』など、公開された作品はほとんど見てきた。その中で、一番好きな作品は何かと言われたら、私は迷わず『となりのトトロ』と答えるだろう。

物語は、考古学者の父を持つ一家が、田舎の一軒家へ引っ越してくるところから始まる。好奇心旺盛な二人の姉妹、サツキとメイは、この一軒家で、煤の精であるまっくろくろすけと出合い、更に庭続きの森の中で、大楠の精、トトロと出合う。物語は、元気のよい妹のメイとトトロとの心の交流を中心に進められるが、画面に登場する少年やお婆さん、トトロの乗り物であるネコバスなどのキャラクターが実に生き生きと描かれている。

　私が今の家に引っ越してきたのは三年ほど前である。同じ市川の、駅に近い場所を探していた時に、偶々、弘法寺の下の宅地が売りに出されているのを見付けた。元は社員寮であったらしく、広い跡地に十七棟の家が建築されるのだという。真間川と弘法寺の森に挟まれた、車もあまり入ってこない閑静な場所が気に入って、私は即座にここに決めた。それからは、造成中に何度か見に来たが、ある時、大きな楠の木を移植しているのに出合った。社員寮の庭に生えていたのを掘り起こし、幹や枝を切り、根回しした上で菰巻きにして、クレーンで運んでいたのである。仕事中の業者に、「根付くかしら?」と聞いてみると「難しいね」と返事が返ってきた。幹周り二メートルほどの大楠の移植は、専門家でも予測がつかないのだろう。その楠は、初め、幹や枝の切り口から細い葉を生やしたが、三年経つうちに生い茂って、切口をすっかり覆い隠すようになった。そして、五メートルほどの背丈のずんぐりした楠になって蘇ったのである。私はこの健気な楠を、〝こどものトトロ〟と呼んで親しみ、時々、柵越しに「頑張っているね」と声を掛ける。やがて、いつの日か、この楠の精と出合えるのを楽しみに……。

伏姫桜

市川の真間山弘法寺の境内には、風生が〈まさをなる空よりしだれざくらかな〉と詠んだ、樹齢四百年を超す枝垂桜が立っている。三十年ほど前の台風で太幹の一つが折れ、今は残された幹が斜めに空に伸びて、百条ちかい枝を垂らしている。老齢ゆえに長短十二本の杖で支えられてはいるものの、花の季節になると、句に詠まれたように、真っ青な空から滝のように枝垂れて、目もあやに揺れかわす。地元ではこの桜を、『南総里見八犬伝』に因んで伏姫桜と呼んでいる。八犬士を生んだ姫君のように、華麗な花であるからだ。

風生が枝垂桜の句を詠んだのは、昭和十二年四月三日、「ホトトギス」の武蔵野探勝会で弘法寺を訪れた時のことである。この吟行記録を書いた池内たけしの文章によると、この日は風もなく長閑な日和で、葛飾の野にはうっすらと霞がたなびいていた。樹下には花筵を敷いて何組かの家族連れがおり、紋付羽織を着た墓参りの人々が折々境内を横切っていったとある。虚子をはじめ同行した、たけし、友次郎、水竹居、花蓑らの句が載っているが、「まさをなる……」の句を凌駕する句は見当たらない。まさに、天から賜った一句であったに違いない。

この弘法寺の桜を敏郎先生とご一緒に吟行したことがある。先生が亡くなる一年前の春であった。その日はどんよりと曇って肌寒く、花は盛りをすぎて既に葉を吐きはじめていた。病後の先生は、ご子息の運転する車に乗ってこられ、脇に由紀子夫人が付き添っていた。車を降りた先生は、車椅子に移られ、それを由紀子夫人がゆっくりと桜のほうに押していった。桜の下で、先生は長い間じっと花を仰がれていたが、終始、口を開かれることもなく、また句帳を開くこともなかった。それが、先生の最後の吟行になってしまった。樹下の先生の胸中にどのような思いが去来したか、今は知るすべもない。

昨年(平成十六年)の夏まで、私は真間山とは隣り合った下総国分寺のある台地に住んでいた。毎年花の頃には必ず一度弘法寺を訪ねて、枝垂桜を仰ぐのが習わしであった。ただ、枝垂桜は隣の丘の上にあるので、五分咲きの頃に来てしまったり、葉桜になりかけた頃に来てしまったりと、なかなか盛りの頃に来合わすのは稀であった。

或る春、総合誌からグラビア写真の撮影依頼があった時、私は躊躇なく、弘法寺の枝垂桜の下を指定した。この年は桜の開花が早く、撮影日の三月下旬にはすでに花は八分咲きであった。朝から細かく降っていた霧雨が風景にベールをかけ、八方に枝垂れた花は雨を含んでやわらかに光を放っていた。編集者に同行してきたカメラマンが、私を桜の下に立たせて、まさにカメラを構えた瞬間、どこからか三、四十羽ほどのメジロが飛来して、瓔珞のように枝に取り付いた。それは、不思議な、贅沢な光景であった。

今、私は、弘法寺の真下に住んでいる。近道をすれば、五分で桜の下に立つことができる。今年は間違いなく、真盛りの花を仰ぐことができるだろう。

河後森城址の桜

芝不器男の故郷である愛媛県松野町を訪れた。松野町は松山から車で二時間半、四万十川の支流の一つ広見川のほとりに位置する山峡の町である。東の四国山地を越えればすぐ高知県で、江戸時代は伊予の宇和島と土佐の中村(現・四万十市)を結ぶ要衝の地であった。不器男の生家はこの街道沿いに記念館として残されている。

私たちは記念館の見学をすませた後、道を隔てた河後森《かごもり》城址を訪れた。城址といっても砦ほどの小さな山城の址で、石垣も礎石も残っていない。疎らに二、三十本の桜が植わっていて、ちょうど花が満開であった。私はその一本の傍らに立った。樹齢四、五十年ほどの桜である。大樹でもなく、枝振りが特にすぐれているわけでもない。枝という枝にびっしりと付いた花片が、吹くともない風に誘われて絶え間なく散っていた。こういう情景を花吹雪というのだろうが、吹雪くという感じでもない。風に誘われて枝を離れた花片が、溢れるように流れ出しているのだ。その中に立っていると、花片の大河の中にいるような感じであった。

私は句帖に句を認めた。

音もなく吹雪ける花の城址かな

白昼を花の精舞ふ城址かな

しかし、感じをピタリと言い留めていなかった。旅から戻って、また思い出して作ってみたが、満足のいく句は得られなかった。それから、時々、河後森城址の桜が目に浮ぶようになり、そのつど句帖に書き込んできて、早くも二年が経った。この文を書いているのも、桜への未練が残っているからである。

私はふと、河後森城という城が気になって調べはじめた。伊予の山峡の小城はなかなか辞書に見当たらなかったが、やっと『大日本地名辞書』の「川原淵《かわらふち》」の項に次の記載を見いだした。「川原淵領は一万六千石高にあたる。天正中の殿は土佐一条殿より入嗣し、河後森式部少輔教忠と云ふ」。その前後の文と合せて読むと、ふだん鳥獣を撃って鉄砲の技にすぐれていた河後森の郷士と土佐の一条氏の軍とがしばしば小競り合いを繰り返し、戦に負けた河後森氏が一条氏より後継ぎを迎えたというのである。

この記載を読みながら、私は名もない山城の歴史を思い、澎湃と溢れる桜の花を想い浮べていた。

城址や夢幻の花の舞ひあそぶ

地霊湧くごとく一樹の花ふぶき

少し、この城の桜の印象に近づいた感じがする。また同じ季節に河後森城址を訪ねたいと思うが、初めて見た光景に出くわすのは難しいであろう。花との出合いもまた一期一会である。

「花」と「桜」

歳時記では、桜を表す季語に「花」と「桜」の二つの項目が取り上げられている。月や紅葉や雪も細かく言い分けられているが、同じ対象を別の項目で取り上げているのは桜ぐらいではあるまいか。

今は桜が春の花を代表するようになったが、『万葉集』の時代にはむしろ梅であった。

『万葉集』の中で梅を詠んだ歌が百十九首、桜を詠んだ歌が四十六首である。紫宸殿の階下に植えられた木も、今は左近の桜右近の橘と決まっているが、初めは梅であった。こうしたことからも、当時の人々が桜よりも梅を尊重していたことが分かる。

奈良時代の人々にとって、梅は大陸から渡ってきたハイカラな花だったのだ。特に漢詩に親しんでいた貴族にとって、漢詩の中で高雅に詠まれている梅は憧憬の対象でもあった。天平二年正月に太宰帥《そつ》であった大伴旅人が自宅で催した梅花の宴などは、当時の貴族の嗜好をよく表していよう。

春の花の代表が梅花から桜に変わったのは平安時代になってからである。それは、大陸渡来の梅から日本古来の山桜への日本人の嗜好の変化とも言えるが、また、農事が大きく関わっていた。

その年の稲の出来を占うことは農民にとって大事な事柄で、古来から様々な方法が行われてきたが、その一つに桜の花の咲きざまを見て豊凶を占う慣わしがあった。桜の花を稲になぞらえて、花がたくさん咲き長く保てば豊作、花が乏しく短い間に散ってしまうならば不作と考えられたのである。

日本人が満開の花を愛でるとともに、散ってゆく花を惜しむ気持が強いのは、こうした習慣に基づくのかもしれない。

武士の時代になると、桜の花の見事な散りざまが潔い死に結びつけられて賞揚された。こうして、桜の花の華やかさ、儚さ、潔さが花の本情として形作られていったのである。

鎌倉時代以降盛んになった連歌においては、その一折《おり》(懐紙一枚)ごとに花の座が決まっており、必ず花の句を詠むことになっていた。花の句は、一座の中の主賓格の人や巧者が詠むものとされ、重要視されたのである。

その際、「桜」という言葉は使えなかった。「花」が正花《しょうか》(まさしき花)であって、「桜」は正花とは認められなかったのである。

今、我々は、「花」も「桜」も同格として句に詠んでいるが、歴史的に見ると、「花」は「桜」よりもずっと格式が上であった。桜を「花」と詠む時には、日本の花を代表する花としての賞賛の意が込められていたのである。

凧

凧は、多くの歳時記が春に分類しているが、東京・大阪のように新年に揚げる所もあれば、夏やお盆の時期に揚げる所もある。現在は子供の遊びになったが、曽ては村や団体対抗で行われた大人の遊びであった。その名残が、浜松の凧揚げ祭や長崎のハタ揚げに残っている。凧揚げの発生には、その年の豊凶を占う年占的性格があったのである。

凧の句ですぐ思い起こすのは、福永耕二の次の句である。

凧 揚 げ て 空 の 深 井 を 汲 む ご と し

真っ青な空に凧を揚げていると、空が水のように見えてくることがある。そして、高く揚がった凧を引き降ろしていると、深い井戸から水を汲み上げているように思われてくるのだ。

天地を逆転した、鮮やかな比喩である。

耕二はこの発想を、たぶん、三好達治の「揚げ雲雀」の詩から得たのであろう。

雲雀の井戸は天にある……あれあれ
あんなに雲雀はいそいそと　水を汲みに舞ひ上る
杳《はる》かに澄んだ青空の　あちらこちらに
おきき　井戸の樞《くるる》がなつてゐる

達治は、空へまっすぐに上がり、まっすぐに落ちてくる雲雀を、井戸の水汲みに喩えている。空は井戸水であり、雲雀は桶であり、雲雀の鳴き声は井戸の滑車の音である。この斬新な発想を耕二は雲雀から凧へと転換したのだ。

私が釣りを覚えたのは隅田川である。秋になると、乗合の鯊釣舟が柳橋などの船宿から何艘も出て、東雲や豊洲の海上は釣舟で一杯になった。江戸前の鯊が、子供にもたくさん釣れたのである。それを、帰ってから、家人にテンプラに揚げてもらうのが楽しみであった。また、隅田川には海からの魚が遡ってくるので、魚河岸や勝鬨橋から鰯や鱸《すずき》を釣ったこともある。長じてからは、手賀沼でへら鮒を釣ったり、房総で鯛や鯖を釣ったこともあるが、忙しさに紛れていつの間にか釣りからは遠のいてしまった。

しかし、時々、無性に釣りをしたくなることがある。何もかも忘れて、水面に浮ぶ浮子《うき》と波を見ながら、一日ぼうっとしていたいと思うことがあるのである。

そんな時は、近くの畦に出て凧を揚げる。私が元住んでいた家は、下総国分寺のある台地の上にあり、辺りは田畑が多かった。家から五分も歩けば、建物も電線もない凧揚げには格好の畦に出る。冬の少し風のある日には、子供たちを連れ出してよく凧を揚げた。

私にとっての凧揚げは、釣りの欲求を満たしてくれるものなのだ。青空に凧を揚げていると、大海に糸を垂らして、天の魚を釣っているような気分になる。

凧揚げて青淵に釣る天の魚

遠き所を近く見、近き所を遠く見る

宮本武蔵の兵法書『五輪書《ごりんのしょ》』の中の〝目付《めつけ》〟の項に次の言葉が記されている。「目の付けやうは、大きに広く付くる目也。観見《かんけん》二つの事、観《かん》の目つよく、見《けん》の目よはく、遠き所を近く見、近(ちか)き所を遠く見る事、兵法の専《せん》也」

「見の目」とは肉眼で見ることであり、「観の目」とは心の眼で見ることである。「遠き所を近く見、近き所を遠く見る」とは、「観の目」を具体的に述べたものだ。たとえば、敵に対した時、相手の太刀だけを見ていたのではいけないのである。相手の目や全体の動きを見て、次にどのような技が使われるかを見抜かなければならない。それは肉眼では見えず、心の眼で見なければならないのだ。太刀先という近いものを眺めながら、それに囚われず、次に相手がどのように動くかという先のことを推測する眼力を持たなければならない。

敵は必ずしも一人とは限らないし、遠くから弓や鉄砲で狙っているかも知れない。そうした相手に対しても、近くに居るように観じなければいけないのである。

そのような大きく広い目を持つにはどのように見たらよいのか。『五輪書』の基になった「兵法三十五箇条」の中で武蔵は、「常の目よりもすこし細き様にして、うらやかに見る也。目の玉を不レ動《うごかさず》、敵合近く共、いか程も、遠く見る目也」と記している。目を動かさず、細めてゆったりと見、近いものであっても遠く見るようにせよ、というのである。

実は、このことは、我々が俳句の吟行で対象を見つめる場合にも言えることだ。たとえば、蓮の花を詠もうとその前に立った時、目を見開いてまじまじと観察するのもよいが、句を作る時には、対象から距離を置いて眺めることが大切である。そうすることで、蓮の花が持っている目に見えない命や雰囲気までも見えてくるのだ。

我々の社会を考える場合にも、この見方は大切であろう。現在の社会を考える場合には少し距離を置いて眺めることが必要であり、逆に、遠い外国の出来事や未来の社会を考える場合には、近くに引き寄せて見ることが大切である。

今、日本では少子高齢化が大きな問題になっている。が、このことは、出生率が二・〇を切り、六十五歳以上の高齢者が増えはじめた昭和五十年頃から既に言われてきたことだ。遠い先と思われていたことが、あっという間に現実となってしまった。少子高齢化の危惧が生じた時に、将来を近々と見る目を備えた人がもっと多くいたら、今のような超高齢化社会にはなっていなかったであろう。

地球の温暖化や環境破壊についても、同じことが言える。

武蔵が剣の道を究める中で会得した「遠き所を近く見、近き所を遠く見る」という見方は、武道のみならず、諸般のものの見方に通じて言えることである。

言葉を心に当つ

武士の心得に、〝死を心に当つ〟という言葉がある。武士は一日一日、死を覚悟して生きてゆかなければいけないというのである。戦国の世にあっては、それはまさに実感であっただろう。今日は無事であっても、明日には戦が始まって、戦場で命を落とすかも知れない。また、道を歩いていて、行き合った武士と鞘当《さやあ》てをして、斬り合いになるかも知れない。一日の平穏は、玉のように貴重であったのだ。

武士道を述べた『葉隠』の中に、「(武士は)写し紅粉《べにこ》を懐中したるがよし。自然の時に、酔覚か寝起などは顔の色悪しき事あり。斯様の時、紅粉を出し、引きたるがよきなりと」の一文が出てくる。武士のたしなみとして常に化粧用の頬紅などを懐に入れ、酔いざめや寝起きなどの顔色の悪い時には、万が一のことを考えて、紅を付けたほうがよいというのである。

頬紅などを付けることは武士らしからぬ、女々しいことのように思われるが、これも、〝死を心に当つ〟の考えから来ている。武士は命を落とした時、酔いざめや寝起きの顔では不覚をとったと思われて、恥なのである。七十歳を超えた斎藤別当実盛が、白髪を黒く染めて戦に臨んだのも、やはり、似たような考えからであろう。

では、俳人や詩人、小説家など文学に携わる者は何を心に当てたらよいのだろうか。私は〝言葉を心に当つ〟ではないかと思っている。自分が使う言葉を心に尋ねてみて、ピッタリした言葉であるかどうかを問うてみることだ。特に十七音の俳句では、一言一字もゆるがせにはできない。

長年俳句をやっているがなかなか進歩がないと嘆く人の中に、言葉を心に当てて選んでいない人が少なくない。上手い句を詠もうとして、歳時記の例句や先輩の句など上手い表現に飛びついて、自分の心に問うことをしない。こうした句は、一見上手く見えるけれども実感が乏しいので、浮《うわ》ついた句になってしまう。俳句を詠む時には自分の心と正直に向かい合い、最もふさわしい言葉を探し出すべきである。その言葉を探し当てた時の喜びは、何物にも代えがたいものだ。風生は言葉を探し得た喜びを次のように述べている。

「旅吟の苦案の時は、所持する限りの辞典が机辺にとりひろげられ、よい文字や言葉が砂金のようにあさられる」「一つの言葉の発掘というものは作家にとっては、砂中の金を探りあてた喜びで、余人の想像以上である」と。

芭蕉が弟子たちへの戒めにしばしば語ったという「俳諧は三尺の童にさせよ、初心の句こそたのもしけれ」の言葉も、同様のことを述べていよう。子供は技巧に走ることなく、自分に正直な言葉で表現するからだ。

推敲

風生は「佳い句は賜るもの」と言った。風景や境涯に臨んで、すらすらと言葉が生れて一句が成ったとき、名句が生れるというのである。人に愛誦される句は、こうして生れることが多い。

しかし、そうした俳句の神様からの恩寵は、年に一度あるかないかである。時としては数年に亘ってないこともある。したがって、多くの場合、我々は句帳に書き留めた句を何度か推敲して、最初の感動に近づける努力をするのである。

俳句は十七音という短い詩なので、てにをは一字、単語一語に迷うことが多い。

唐の詩人賈島《かとう》は、科挙の試験を受けるため都に出てきて、ロバの上で詩を作った。友人の閑居のさまを詠んだ詩で、その一句「僧は敲く月下の門」のうちの一語を、「推《お》す」か「敲《たた》く」かのどちらがよいかで迷っていた時、当代一流の詩人韓愈《かんゆ》の行列とぶつかり、教えを請うた。韓愈は即座に「敲く」がよいと言い、「敲く」に決定したという。その故事から、一語をも大切に詩句や文章を手直しすることを推敲というようになった。

この故事は、詩文を練ることの苦心を述べているが、同時に、詩文の表現は第三者が最も客観的に判断できることも教えている。

アメリカの小説家ヘミングウェイは、作品を一作書き上げるごとに銀行の貸金庫に預けた。大分経ってからそれを取り出してきて推敲し、それでも気に入らないと、また貸金庫に戻した。これを繰返して、これでよいと納得した時、はじめて原稿を出版社に渡したという。ヘミングウェイが作品を貸金庫に預けたのは、作家にとって原稿が財産だからである。

かなり時間を置いてから取り出し、手を加えたのは、自分の作品を客観的に眺めて、推敲するためである。時間を置くことによって、作者は他者の目を持つことができるのだ。

私の作品は全くお金にならないので、貸金庫に預けるようなことはしない。手元の手文庫に収めておく。

この手文庫を、私は〝眠らせ箱〟と呼んでいる。旅行などでまとまった作品ができると、句帳から選び、推敲しながら原稿用紙に清書してゆく。これを手文庫にしまっておき、「若葉」や総合誌などに発表する時に取り出して、再度、自選と推敲をして公表するのである。私の〝眠らせ箱〟もまた、他者の目を持つための方法である。

推敲は一字一句を疎かにすべきではないが、それによって原句の感動が薄らぐようであってはならない。たとえ表現が荒削りであっても、一句の感動の大きいほうが作品としては優れているのだ。句をあれこれ手直ししした末に、また元の形に戻るということも屢々あるのである。

芝不器男

春に「愛媛若葉の集い」が松山で開催された際、地元の方たちが芝不器男の生家を案内してくれた。前々から芝不器男という作家には関心があり、その生家は一度訪ねてみたいと思っていたので、思いもかけず夢が実現し、とても嬉しかった。

不器男の故郷松野町は今は静かな山村であるが、曽ては宇和島藩の要所として栄え、明治時代には大酒屋三軒、大製蠟家九軒が軒を連ねていたという。不器男の生家も蚕種の製造場を営んでいた旧家である。

その生家は旧松丸街道沿いにひっそりと残っており、今は記念館として一般公開されている。門を入ると母屋まで敷石の道があり、母屋の通し土間から裏庭へと続いている。私たちは資料が展示されている二階建ての母屋をゆっくり見学して回った。二十六年の短い生涯であったから、資料も決して多くはなかったが、私は、不器男が学生時代に熱中した山登りのピッケルと、自筆の短冊に心が惹かれた。端正に書かれた短冊の字は、茅舎のそれと似ており、几帳面な性格がよく表れていた。

記念館で見た資料の中で私が最も勉強になったのは、不器男の代表句〈あなたなる夜雨の葛のあなたかな〉の推敲過程を知ったことである。

① 陸奥の国と伊予の間の真葛かな
② 陸奥の国と伊予をへだつる真葛かな
③ 伊予陸奥をへだつる夜の真葛かな

④　かなたなる夜雨の葛のあなたかな
⑤　あなたなる夜雨の葛のかなたかな
⑥　あなたなる夜雨の葛のあなたかな

掲句は、当時東北帝国大学の学生であった不器男が、夏休みの帰省を終えて仙台へ戻った時に、故郷を思って詠んだ句である。①から③までは、大学のある地と故郷の地を具体的に挙げてその距離感を表している。④から⑥では、固有名詞を省いて「あなた」「かなた」の語のみで表した。前後を省略することによって、より鮮明に「夜雨の葛」に焦点が絞られている。故郷への郷愁――遥けさ・淋しさ・懐かしさ――を純化して表現した一句と言えるだろう。

「あなたなる」の句が空間を大胆に表出した句とすれば、次の「永き日の」の句は時間を巧みに表現した句と言えるだろう。

永き日のにはとり柵を越えにけり

春の長い時間を、ニワトリが柵を越えていったという具体的な描写で表している。めったに飛ぶことのないニワトリも無為に飽きて、新たな世界を求めたのであろう。それは、安寧に飽き足らない作者自身の心をも反映しているようだ。

「あなたなる」の句にしても、「永き日の」の句にしても、不器男でなければ詠めない感性と時空の句である。不器男が長生きをしていたら、昭和の俳壇に新風を吹き込んでいたことは想像に難くない。その早逝が惜しまれるのである。

木下夕爾

芝不器男とともに、気にかかる俳人がもう一人いる。木下夕爾《ゆうじ》である。ここでは、夕爾を取り上げてみたいと思う。

木下夕爾は、本来は詩人であるが、戦時下の孤独の中で連衆のいる句会に顔を出すようになり、やがて、安住敦を中心とする同人誌「多麻」に加わった。戦後は「春燈」の創刊に参加し、欠詠した時期があったものの、終生、「春燈」の作家として活躍した。

ふつう詩人が俳句を詠むと、詩の内容を五七五の詩型に詰め込もうとして、句が佶屈になったり、重くれたものになりがちだが、夕爾の句は詩のイメージを生かしながら、じつに無理なく俳句の世界に入っている。それは、寡黙で、田園を愛した夕爾の性格がおのずと俳句の詩型に合っていたからであろう。また、「春燈」という結社の中で、久保田万太郎や安住敦の平明で調べを重んじる作風の影響を受けていたからであろう。

ここで、夕爾の作品を数句取り上げてみたいと思う。

　家々や菜の花いろの灯をともし

夕爾の代表作の一つである。春になると、田園では、家々を囲む菜の花畑が一斉に開花し、辺りが黄一色に染まる。夕闇が下りて花の光が失われると、今度は、家々の明りが菜の花色に灯るのだ。昔は日本のどこでも見られた懐かしい田園風景である。

このように解釈すると、評者からは、「菜の花いろ」は色を表していて菜の花そのものではないから季語ではない、という批判が出るであろう。厳密に言えば、そうである。ただ、私はこの句を読むと、家々を取り囲む菜の花が自然に浮び上ってくる。それは、一句の背景に菜の花が潜んでいるからだ。この句の場合「菜の花いろ」を季語に準ずるものと考えてよいと私は思っている。たとえ無季の句であったとしても、この句が名句であることに変わりはない。

遠雷やはづしてひかる耳かざり

女性が外出先から戻って、耳飾りをはずしているのであろう。鏡台や机の上に置いた耳飾りがキラッと光り、遠くで雷が鳴っている。耳飾りの光が、やがて発するであろう雷光を暗示しているかのようだ。

にせものときまりし壺の夜長かな

それまでは本物と思われていた壺が、鑑定の結果贋物と分かったのだ。壺からすれば、本物、贋物と人間に言われる前から、あるがままの自分であってなんら変わりがないと涼しい顔でいるだろう。一方、壺の持主は、落胆激しく、秋の夜長を鬱々と眠れずに過ごすであろう。人と物との気持を併せ描いた不思議な作品である。

不器男も夕爾も、生涯に残した句は多くない。しかし、その中の幾つかの作品は、俳句史の中で燦然と輝き続けるだろう。

鉛筆

私は今でも原稿を鉛筆で書くことがある。俳句の鑑賞文を書く時はいつもそうだ。２Ｂの鉛筆を半ダースほど用意しておいて、芯が丸くなると替えながら書き続ける。なぜ２Ｂかというと、その太さと丸さが好きだからだ。句帳に句を認める時に使っているのも、２Ｂのシャープペンシルである。これは、記者が速記用に使うもので、軽いうえに頭に消しゴムが付いており、句帳に書き込みながら推敲できるので重宝している。

鉛筆は子供の頃からずっと使ってきて、国内外の様々な鉛筆を使ってきたが、結局、日本製の鉛筆が一番使いやすいことが分かった。今では、文房具店に入ると迷うことなく日本製のハイユニの鉛筆を買い求める。

鉛筆が短くなるとホルダーを用い、鉛筆削りで削れなくなるまで使う。最後は五センチほどのとんがり小法師になって、なんとも可愛らしい。これを小箱に入れて蔵《しま》っておく。

鉛筆が好きなのは、持った時の軽さと木のぬくもりがあるからだ。それと、もう一つは、削る時の快感である。ナイフを当てて削ってゆくと、木の軸から芯に移った時に感触の違いがあり、それが何とも言えないのである。

鉛筆ですぐ思い出すのは、小学生が書いた次の詩である。

　詩を書いていると
　雪が降ってきた
えんぴつの字がこくなった

学校で詩の宿題が出たのであろう。子供はノートを広げて詩を書き出したが、なかなか筆が進まない。そんな時、机の上が少し明るくなったなと思って窓に目をやると、雪が降ってきたのだ。そして、さらさらと詩が生れた。この詩は、詩を作るうえで一番大切なのは素直さであることを教えてくれている。ありのままを描いているのだが、「えんぴつの字がこくなった」の一行には、その場の状況と、作者の心が遺憾なく表現されている。

鉛筆を詠んだ句では次の二句が思い浮ぶ。

鉛筆一本田川に流れ春休み　澄雄

字のそばに鉛筆ころげ夏休　鶏二

森澄雄の句は、田川を流れてきた一本の鉛筆が様々な連想を呼ぶ。写生や野外観察に来て、子供が誤って落としたのだろうか、それとも、田畑を点検に来た人が落としたのであろうか……などなど。

橋本鶏二の句は、文章にてこずっている子供の姿を描いている。一句は「字のそばに」がポイントで、「ノートのそばに」では俳句にならない。「字の」と表現することで、その宿題が作文などの文章であることや、途中まで書いていたことが分かるからだ。共に鉛筆を用いて、子供の頃の春休みや夏休みの宿題を懐かしく回想している。

句帳

俳句を詠むのに句帳は欠かせないと思っている人たちもいるが、俳人の中には句帳を使わない人たちもいる。そういう人たちは、旅行や吟行をしても、その場では書かず、帰宅してから見聞きし体験したことを思い出して書くのである。そのほうがイメージが自由に生かせるということであろう。しかし、私は、現場で見聞きしたものやその場での実感を大事にする写生派なので、句帳は欠かせない。

俳句を作りはじめた二十代の頃は、手帳なら何でもよかった。銀行が歳末にくれる手帳が家に何冊かあったので、その中から手頃なものを選んで使っていた。俳句がだんだん面白くなってくると、手帳にも凝るようになって、和綴じのものや、革装のものを使ったりしたが、どれもしっくりこなかった。

敏郎先生が、大名行列を描いた布製の句帳を愛用していたので、それに肖《あやか》って同じものを買い求めて使ってみたが、私には少し大きすぎるのと、表紙が硬すぎるのとで、一冊限りで終ってしまった。最後に落着いたのは、ビニール装のメモ帳であった。手帳サイズなので手のひらに載り、表紙のしなやかさも適当なので、以来これを句帳として使っている。結局、句帳というものは、大きさやしなやかさがその人に合うかどうかで決まるのであろう。

私はこの句帳に、一ページ五句ずつ二行書きで書いてゆく。ページ数は二百ページあるので、ぎっしり書くと一冊で千句が書ける。年にして三冊は使うので、一年の句数はほぼ三千句である。兼題句は原稿用紙に書くので、それと併せると、年間の句数は約三千五、六百句になろうか。一日平均十句といったところである。

毎日、律儀に十句ずつ書くわけでなく、書かない時は一日一句も書かないことがあれば、旅先で気分が乗れば一日百句以上書くこともある。外出先で句帳が終ってしまった時には、タバコの箱の裏や名刺の裏、箸紙などを使って書いたこともある。ピースの箱の裏はとても書きやすかった。

或る時、車中に句帳を忘れてきて、数か月分の作品がふいになってしまったことがある。それ以来、句帳の後ろに「この手帳をお届けの方には御礼をします」という一筆を入れることにした。

句帳ではないが、虚子が晩年に使っていた句作ノートが今も印象に残っている。鎌倉の虚子庵が人手に渡ることになって、その蔵書整理があった時、私も一、二度手伝いに行ったことがある。その時、虚子の居間の文机の上に、句作ノートが広げてあるのが目に入った。ごくありふれた大学ノートで、その背に近い頭の部分に穴をあけて紐を通し、紐の端には禿《ち》びた鉛筆が結んであった。句想が湧いた時、すぐに書くためであろう。その無頓着さが、いかにも虚子らしいと思った。句の最後は、句仏上人十七回忌の追悼に寄せた〈独り句の推敲をして遅き日を〉であった。

辞書

『広辞苑』が十年ぶりに改版され、第七版として出版された。新しく一万項目が加わり、その分ページ数も増えたが、厚みはほとんど変わらないという。

早速、書店へ行って新版を手に取って開いてみた。厚さや重みは六版と変わらないが、活字が小さくなっていて、老眼の私にはとても読めない。買うとしたら、大きな活字の机上版を買うしかない。

『広辞苑』は語彙が豊富で解説が明確である上、語源も多く載っているので、改版されるたびに新しい版を愛用してきた。しかし、重いのが難点で、とても旅行には持ってゆけなかった。昔、埼玉県の高麗《こま》で句会があった時、『広辞苑』を抱えて吟行をしていた誌友がいて、その熱心さに驚かされたことがある。

そうしたことも、電子辞書が出現して、一挙に解消された。手のひらに載る大きさのコンパクトな辞書の中に、三千ページ近い厖大な内容が収まってしまったのである。旅先で選句をしたり文章を書いたりすることが多い私には、有難いことであった。いつしか、電子辞書が座右の辞書となり、分厚い『広辞苑』は書棚の奥に追いやられてしまった。

それでも、机上に置いて使う紙の辞書が三冊ほどある。『岩波国語辞典』『新潮日本語漢字辞典』『漢字源』などである。『岩波国語辞典』は、常用漢字の新字体を確認する時や、漢字母から熟語を探し出す時に重宝している。また、『新潮日本語漢字辞典』は、日本人が習慣的に使ってきた漢字の読み書きが記載されているので、俳句の表現に役立つ。たとえば「翔《と》ぶ」という読みは、『広辞苑』にも漢和辞典にも載っていないが、この辞書には出てくる。鳥が羽搏きながら飛んでゆく姿は、やはり「翔ぶ」と書かないと表し得ない。

漢字を調べる時は、まずハンディな『漢字源』を引くが、それで間に合わない時は、書架から『大漢和辞典』を引っぱり出す。以前、「柿葺き」の「柿《こけら》」(木屑の意)になぜ「柿《かき》」の字を当てるのかが分からず、この辞書でやっと解明できた。「柿《こけら》」の旁は「十」と「儿」からできていて四画、「柿」の旁は「亠」と「巾」からできていて五画、元々字が違うのである。

俳句を読んでいると、『広辞苑』にも出てこない言葉に出合うことがある。そんな時は、最も語彙数が多い『日本国語大辞典』に頼る。たとえば「つくつくし」の語が出てきた時に、内容からいって土筆ではなくつくつく法師のことを詠んでいる時は、これまで「つくつく法師」「法師蟬」と直してきたが、ある時、この辞書に当たってみたら、「つくつくぼうしの異名」と出てきた。それ以来、「つくつくし」でも法師蟬の句として採るようになった。言葉は常に変化しているので、新しい辞書に当たる必要がある。『広辞苑』は、次の新版が出るまでには更に十年を要するであろう。書架から取り出すのは重いが、この際、机上版を買い求めようと思っている。

カラス

四年前、市川市郊外の下総国分寺のある台地から、中心部にある弘法寺の山下へ引っ越してきた。弘法寺の森に隣接しているので、閑静で緑は豊かであるが、朝夕のカラスの声には閉口している。森の高い木の梢にカラスの巣が幾つかあって、百羽近いカラスが棲んでいるからだ。

移り住んで間もなく、電力会社に頼んで、電線にカラスが止まらないように付設工事をしてもらった。電線の上にナイロン線を並行させると、カラスは電線には止まれず、細いナイロン線も摑めないのである。お蔭で、近距離からのカラスの騒害と糞害からは逃れることができたが、朝方、都心へ食物を漁りに出かける時と、夕方、塒《ねぐら》に帰ってきた時の騒ぎは一向に変わらない。

カラスの鳴き声を聞いていると、名前のいわれとなったカアカアという鳴き声が最も多いが、時として、アアアアとも、ウワーウワーとも聞こえる。特に、春の恋の季節には、アアアアという甘い声が多いようだ。昔の人がカラスの鳴き声をどう聞いたか調べてみると「コロク(児ろ来)」「コカア(子かあ)」「イザワ(率わ)」「カカア(嬶)」「アホウ(阿呆)」など様々である。私が原稿書きに苦しんでいたり、置いたはずのものが見つからずに焦っていたりすると、アホウ〱と聞こえてくるし、娘夫婦が子供たちを連れてやって来そうな日には、コロク〱と聞こえてくる。同じカラスの声が、その時の心情によって様々に聞きなされるのだ。

因みに漢語では「烏」「鴉」の字を当てるが、これもカラスの鳴き声「ア」を模したものである。(「烏」は現在ウ・オと音読されるが、古代の中国音はアであった)

カラスは「大軽率鳥《おおおおそどり》」などと呼ばれて、軽はずみで忘れっぽい人の代名詞のように使われるが、なかなかどうして、賢い鳥である。何年か前、池袋の風生先生のお宅に伺った折、ちょうど庭木の手入れが済んだ後で、家の方が、庭師が見つけてきたというカラスの巣を見せてくれた。それはハンガーを素材とした直径一メートルほどもある大きな巣で、物干場やベランダから盗んだ針金製のハンガーを嘴で矯《た》めて、巧みに編んであった。それを見て、都会のカラスの巣は鉄筋製なのだと感心した覚えがある。

カラスは賢いだけでなく、親孝行な鳥でもある。「カラスに反哺《はんぽ》の孝あり」という言葉があるが、成長した雛は育てられた恩に報いるため、親鳥の口に餌を含ませて返すのだという。

昔の人は、カラスの鳴き声を聞いて占いをしたというが、私もあと十年この地に住み続ければ、カラスの言葉が多少は解せるようになるだろう。そして、不透明な日本の将来が、少しは予見できるのではないかと思っている。

猫

戦中・戦後はどこの家でも猫を飼っていた。それはペットというのではなく、ネズミ対策のためであった。それほどネズミが跋扈していたのである。昼はさすがに静かであったが、夜ともなるとネズミの一家が活動を始め、天井を運動場のようにして走り回った。その音を聞くたびに、火鉢の脇でうとうとしていた猫の耳がピンと立った。

家人が寝たあと、ネズミたちは台所や居間に残っている食べ物を漁りにくる。そして、待ち構えていた猫と真夜中の競争が繰り広げられるのだ。ネズミ除けのための猫であるから、各家庭で飼っていた猫は雑種の三毛猫が多かった。わが家で飼っていた猫も子猫の時に他家から貰い受けたものである。

市川に住んで二度目に移った家は下総国分寺の裏手で、隣家は大工の棟梁であった。棟梁は大の猫好きで、数匹の猫を飼っていたほかに、近隣の野良猫たちに餌を与えたので、常時十数匹の猫が庭に屯しており、そのうちの数匹が私の庭を通り道にしていた。娘は、それらの猫に名前を付けた。体が大きくて見るからに憎たらしい虎毛の猫をボス、小さくて機敏な三毛猫をチャー、おっとりと愛嬌のある白毛の猫をシロと名付けた。

餌はチャーとシロに与え、ボスが来ると追っ払った。特に、細い庇を歩いて渡ったり、天窓から顔を出したり、サッシの戸を開けて入ってサプライズを演ずるチャーがお気に入りだった。

早春のある日、これまでとは打って変わった猫が一匹、庭に迷い込んできた。尖った顔に大きな耳、ほっそりした体と長い脚、まさに貴婦人といった感じであった。首輪をしているので、どこかの家で飼われているペットであろう。澄んだサファイア色の瞳に引き込まれそうであった。

私は春になると無性に海が見たくなる。冬の数か月を家の中に籠って暮らし、外出しても冬ざれの景色ばかり見てきたせいであろう。日脚が伸び日の光が眩しくなってくると、明るく広い春の海が見たくなるのである。

わが家の庭に飛び込んできたその猫の青い瞳を覗き込んだとたん、私の脳裏に、いつもこの頃出掛ける真鶴岬の海が広がったのである。と同時に、すっと、

シャム猫の眼に春の海二《タ》かけら

の句が浮かんだ。春の海を見たいという私の気持と、シャム猫の青い眼が一瞬に合致して生れた句である。「二《タ》かけら」と表現したのは、もっと広い海を見たかったのに、海は二つの瞳にしか湛えられていなかったからだ。

突然の訪問者は暫くいて、姿を消した。

私は先々ペットを飼うことがあれば、犬ではなく猫を選ぶだろう。そして、もし手に入るならば、シャム系の青い瞳の猫を飼いたいと思う。

江戸川堤

以前、下総国分寺のある丘の上に住んでいた時は、その辺りに畑が多かったので、よく畦道を散歩した。葱畑や大根畑が多く、春になると雲雀が盛んに囀っていた。冬は、畦道で凧を揚げたり、晴天の夜は星座を見に出かけたりしたものである。

その後、弘法寺の下に引っ越してきてからは、歩いて五分のところにある江戸川堤を散歩するようになった。東京湾から十五キロほど上流にあたり、川幅は百五十メートルほどある。対岸の小岩側には河川敷が広がっているので、見晴しもよい。一方、市川側は国府台の自然林が里見公園まで続いているので、緑が豊かだ。国府台駅近くから里見公園までの約八百メートルの土手を何往復か散歩するのが、私の朝の日課である。

春になって、枯色の土手の斜面が緑に変わると、ハコベやイヌフグリ、ヒメオドリコソウといった野草が芽を出す。特に、ヒメオドリコソウは群生し辺りを薄赤く染めるので、すぐ目につく。このヒメオドリコソウを誤まってオドリコソウと詠む人がいるが、同じシソ科でも両者の花の感じは全く違う。オドリコソウは上品で淋しげな花だが、ヒメオドリコソウは賑やかな妖精のような花である。

大舞踏はじまる姫踊子草の群

江戸川の水がぬるむ三月頃から、岸辺に釣人の姿が現れる。毎年、常連の釣人がいて、岸辺の石の上に半畳ほどの板を敷いた釣座が何か所か設けられている。ここで半日釣糸を垂れて過ごすのだが、あまり釣れているようには見えない。ここに来る釣人の多くは、魚を釣るというよりは時間を潰すのが目的のようだ。千変万化してやまない波を見ていると、飽きないのであろう。

釣人とほぼ同じ頃現れるのが水上スキーの人たちである。どこかの大学の水上スキー部であろうか。三、四人がモーターボートに乗り込んで、代る代る練習に励んでいる。土手から眺めていると、腰が据わっているか否かでベテランか新米かがすぐに分かる。真夏の頃、波飛沫を立てながら水上にカーブを描いて滑走してゆく姿は、いかにも涼しげである。

水を截る角度たのしき水上スキー

秋が深まると、数十羽の初鴨が飛来して、里見公園下の大曲《おおわだ》に三々五々陣を構える。鴨の渡来は十一月末頃まで続き、川面は二百羽近い鴨に占められる。鴨たちは、昼間は悠々と川面を流れ、夜になると一斉に飛び立って、東京湾へ餌を漁りにゆくのである。

真冬の楽しみは、晴天の日に富士の全容が眺められることだ。特に、暮れから正月にかけては都塵が収まるので、一都一県を隔てているとは思えぬほど間近にクッキリと、富士の麗姿を望むことができる。

紅塵の底にましろき睦月富士

一キロにも足りない散歩道だが、この江戸川堤からの眺望を私は愛している。

人形町

私が最もよく知っている町の一つ、人形町について書いてみたいと思う。

人形町は隅田川とその支流日本橋川に挟まれた地域にあり、周りに浜町・蛎殻町・小舟町・堀留町などがある。周囲の町名がすべて水に縁があるのに、人形町だけが違うのは、曽てこの町に人形師が多く住んでいたからである。現在は下町の商店街となり、人形店は一軒もなく、路地に見かける料亭や置屋の建物に昔の面影が残されている。

私が戦後通った東華小学校は、人形町の一角にあった。同級生は、人形町や周辺の町の商店や問屋の子女が多かった。子供の頃はそうした友人の家によく遊びに行ったものだが、今は、地元に残る友人は数えるほどしかいない。都心の子供の数が減り、平成二年には近くの十思小学校と統合して、日本橋小学校と校名が変わった。明治の初め、この地には西郷隆盛の屋敷があった。参議に任ぜられた隆盛は上京してこの地に二六〇〇坪の土地を購入して屋敷を建て、書生十五人と下男七人を置き、猟犬数匹を飼って暮らしたという。が、明治六年の政変で下野し、帰郷したため、この地に住んだのは二年ほどであった。

この文章を書くために、私は久しぶりに人形町を訪れた。まず初めに寄ったのは、江戸時代からつづく軍鶏料理の老舗「玉ひで」である。ここの親子丼は、〝元祖親子丼〟と呼ばれ、昼時になると長蛇の列ができる。私が十一時半に玄関口に着くと、早くも三十名を越す人の列ができていた。

客室は掘り炬燵を囲む形で八つの仕切りがあり、三十名ほどで満席になる。列の後ろの客は、空席ができるまで待たされるのだ。私は運よく十分ほど待って席に着くことができた。まず運ばれてきたのが軍鶏の吸い物で、コラーゲンたっぷりの酷《こく》のあるスープである。ややあって、浅めの大椀に盛られた沸々と滾《たぎ》る親子丼が運ばれてきた。ここの親子丼は軍鶏肉なので、身が引き締っていて滋味がある。淡泊な味わいでありながら満ち足りた感じがするのは、やはり、老舗の味だからであろう。

次いで、甘酒横丁をぶらついた。昔ながらの店を見つけると懐かしく、新しい店を見つけると時代の推移を感じた。土曜日とあって、子供連れの夫婦や下町散歩の人々、外国人の姿を多く見かけた。新しいマンションが建って若い人たちが住みつくようになり、町が活気づいているのを感じた。

人形町の交差点近くに昔あった落語寄席「末廣」の跡が知りたくて、老舗の刃物屋「うぶけや」に寄って尋ねると、昔気質の女将さんが出てきて、すぐ隣だと教えてくれた。戻って広告会社の前に立つと、「末廣跡」の碑があり、奥に古い写真が飾ってあった。昔、父とよく来て、落語や講談に聞き入り、紙切りや曲芸に見入ったものである。席亭を出るのはいつも宵時分で、闇が濃かったのを覚えている。

真鶴岬

時々、海が無性に見たくなる時がある。長い冬が終りに近づいて、日一日と日差しが明るくなってくる頃が、特にそうだ。そんな時には、よく真鶴岬へ出かける。

真鶴岬は箱根火山の熔岩流が流れ出たもので、伊豆半島の付け根に疣《いぼ》のように出た小さな岬である。相模湾に突き出した三キロほどの岬は、周囲がほとんど切り立った断崖に囲まれ、流れ出た熔岩が海に走って長い岩礁をつくり、その果てに、三ツ石が立っている。

東京からは少し遠いが、一日の吟行にはうってつけの岬である。海がお好きだった敏郎先生も、二、三度ご一緒されたことがある。先生が参加される時は、駅前からバスに乗って真っすぐ岬に向かうが、そうでない時は、駅前から歩いて岬鼻に向かうことが多かった。

台地の上の道を歩いてゆくと、所々で視界が開け、枯萱を透かして相模と伊豆の海が目に飛び込んでくる。岬の先端にマツやクスノキの原生林があって、ここを抜ける途中の小さな池には、よく小鳥たちが集まっていた。原生林の闇を抜けると、パッと視界が明るくなり、休憩所のケープ真鶴が現れる。ケープ真鶴の庭には、与謝野晶子の「わが立てる真鶴崎が二つにす相模の海と伊豆の白波」の歌碑が建っており、歌のとおり、相模と伊豆の海が一望できた。

この庭から岩礁までは急な崖道で、足の悪かった敏郎先生は岩礁までは下りられず、茶屋の庭か崖道の途中に設えられたベンチに座って、じっと海を眺めておられた。その横顔が、今も懐かしく目に浮かんでくる。

吟行の帰りには、必ず真鶴港に立ち寄った。ここで新鮮な魚介類を買って帰るのが楽しみだったからである。中でも、ちょうどこの頃採れるメカブが私のお目当てであった。メカブは成長した若布の根の辺りにできる胞子葉で、ここで若布の胞子がつくられる。形が蕪に似ているので、若布蕪《めかぶ》と呼ばれるようになったのだろう。緑褐色で見た目は悪いが、家に持ち帰って熱湯をさすと、見る見る目の覚めるような緑に変色してゆく。これを刻んで箸に取ると、納豆のような糸を引く。口に運ぶと、パッと海の香が広がる。このメカブを買うのが、真鶴吟行の大きな楽しみであった。

楽しみと言えば、もうひとつ。真鶴の駅前に、潮さびた居酒屋が一軒あって、電車を待つ間によく立ち寄った。朝、漁港で水揚げされたものが出てくるので、魚は皆生きがいい。或る時、親爺さんに、「珍しいもの入ってる?」と聞くと、「マンボウが入ってます」という。マンボウは洋上でのんびり漂っているものかと思ったら、時々、陸地に近づいて、漁師の網に掛かるのだという。

早速、マンボウを注文した。初めて口にしたマンボウの刺身は実に淡泊で、フグ刺しのような味わいであった。

開運帳

母は大正生れで、物を大切にする人であった。藁半紙などに余白があると、それを同じ大きさに切って綴じ、「覚え書き　開運帳」と題して知人に配っていた。母が亡くなったあと、私の手元に一冊の開運帳が残った。死蔵しておくのはもったいないので、心に残った短い言葉を書き記すことにした。開運帳が埋まると、二冊目からは市販の一筆箋を買ってきて使うようになった。それが今、五冊目に入った。

パラパラとめくってゆくと、次のような言葉に出合う。

「見つめる鍋は煮えない」――イギリスの諺である。豆などを煮ている時、もういいだろうと蓋を取ると、まだである。暫くして、もういいだろうとまた蓋を取ると、まだいけない。これを繰返していると、結局、ふっくらとした豆は煮えないのだ。お釜でご飯を炊く時も同じである。この言葉を私が記したのは、当時、教育ママが多く、「勉強しなさい、勉強しなさい」と言って、逆に子供を駄目にしてしまうケースが多かったからだ。試験前に漫画を見ていて、さてこれから勉強しようという時に、母親から「漫画など見ていないで勉強しなさい」と言われると、一遍にやる気がなくなってしまう。また、勉強しているかどうか、ちょくちょく勉強部屋を覗きにくる母親がいると、気が散って勉強に身が入らない。そういう子供たちが結構いたからである。父兄会では、この諺をよく引用させてもらった。

「人の短《たん》をいふ事なかれ　己が長《ちょう》をとく事なかれ」――芭蕉の〈物いへ

ば唇寒し秋の風〉の句の前書きになっている後漢の人、崔瑗《さいえん》の言葉である。他人の短所をあげつらうな、自分の長所を自慢するなという意味だが、この前書きの前には「座右之銘」と記されているので、芭蕉が肝に銘じていた言葉であったことが分かる。謹厳実直な芭蕉にも言葉によるしくじりがあったことを思うと、なんとなく親しみの感が湧いてくる。

崔瑗の言葉は更に「人に施しては慎みて念《おも》ふ事なかれ。施しを受けては慎みて忘るる事なかれ」と続く。この言葉も、我々が日頃忘れがちなことを戒めている。

「捨ててこそ」——捨聖《すてひじり》とよばれた一遍上人の言葉である。最近流行っている「断捨離」の語よりも、簡素で心に沁みる言葉だ。一遍は、仏道への妨げとなる一切の執着を捨てることを説いているが、多くの財物と複雑な環境に取り囲まれている現代人にとっても、〝捨てる〟ということは大きな意味があろう。物を捨てることによって生活はシンプルになり、心は豊かになるものだ。

エミール・ガレ

白金台の自然教育園で句会があった日、隣の庭園美術館で「エミール・ガレ展――ガレの庭　花々と声なきものたちの言葉」が開かれていたので寄ってみた。傍題の「ガレの庭」というのがよく分からなかったが、美術館に入った最初の部屋にガレの庭園の図面と解説が掲示されていたので、その意味が分かった。ガレは邸宅を囲む六千坪の庭に三千種にも及ぶ植物を植え、自らの作品のモチーフにしていたのである。

広大な庭園には四百種にも及ぶ日本の植物もあり、ガレがジャポニスムの影響を強く受けていたことが分かる。更に、果樹園や野菜園、高山植物の小山まであり、ガレの関心があらゆる植物に及んでいたことが分かる。

因みに、この展覧会の作品のモチーフになっている植物を列挙してみると、ラン・スイセン・スミレ・フジ・ユリ・アネモネ・ヒナゲシ・オダマキ・アジサイ・コウホネ・キク・イヌサフラン・ヒトヨタケ・ナス・タマネギなどである。イヌサフラン・ヒトヨタケといった人が顧みない植物にも美と命を見いだし、ナス・タマネギといったありふれたものの中の美を見いだして、個性的な花瓶に仕立てているのに驚かされた。虫魚では、トンボ・セミ・カマキリ・バッタ・コイなどが取り上げられており、中でもトンボがガレのお気に入りであったようで、「打ち震えるトンボの恋人エミール・ガレ」と名乗っている。トンボの軽々とした飛翔に、繊細な美しさと命を感じ取っていたからだ。

私が殊に心惹かれた作品は、まず、「菊にカマキリ文月光色鉢」である。絞りのある口広の鉢の胴には、菊とその枝を這うカマキリが描かれている。菊の葉とカマキリの背がコバルトブルー、菊の花がライトブルーで描かれているのは、月光の当たっている感じを出すためであろう。菊とカマキリの取合せも斬新であるが、何よりも、酸化コバルトを加えて発色させた透明感のある青いガラスに心惹かれた。

次に、タマネギの形を模した花瓶に惹かれた。タマネギの球の部分を胴に、葉の生え出した部分を頸に模したもので、外皮の色と同じ赤黄色で彩ってあった。形も色も愛らしく、私は、野菜としてしか見ていなかったタマネギの美を再発見した思いであった。

もう一つ惹かれたものに「樹陰文花瓶」がある。木立の陰を表したものだが、黒色ガラスと緑色の斑点が、黄昏どきの森の神秘感をよく表している。ガレが晩年に用いた黒色ガラスは、光を追い求めていった作者が至り着いた対極の世界であり、黒は闇を表すとともに死や悪を象徴するものでもあった。

ガレがガラス器や陶器の装飾美術を刷新できたのは、植物を芸術家の目だけでなく学者の目で眺めたからであり、植物に象徴性を与えたからである。

ガレのデッサンと創意を生かして、実際の作品を製造した無名の下絵画家やガラス吹き職人、絵付け師たちのことも忘れてはならないであろう。

縄文杉

一本の老樹の写真を見て、無性に会いたくなった。山の中腹に立っているその樹は、高さはそれほどではなかったが、根回りが四十メートルを越え、大地から立ち上る太い幹は天へ向かってうねり昇るかに見えた。それ以上に私が心を惹かれたのは、二千二百年とも言われる樹齢である。紀元前の時代から、日本列島の片隅でこの国の歴史を見続けてきたその樹に会って、幹や根にじかに触れ、話を聞いてみたかったのである。

その樹、縄文杉は、佐多岬の南方海上六十キロの屋久島にあった。

私は早速、地図や資料を取り寄せ、屋久島行きの計画を立てた。

一日目の鹿児島では、地元の「若葉」の人たちが歓迎会を開いてくれた。夜は港に近いホテルに旅装を解き、翌朝八時、同行してくれる中間秀幸さんとともに一日一便しかない屋久島行きのフェリーに乗った。

屋久島まで四時間半の船旅である。正面に桜島を見て進んだフェリーは、やがて舳先を右に向けて、大隅半島と薩摩半島を左右に眺めながら、錦江湾を南下して行く。低い山並みがつづく両岸の景色は、春の靄に包まれて水彩画のようだ。開聞岳を右手に見て、嘴の形をした湾の口を出ると、後は、茫々たる海原が広がっていた。昼近くなって、左の洋上にうっすらと平たい島影が見えてきた。種子島である。と、間もなく、峨々たる屋久島が姿を現し、フェリーは島の表玄関に当たる宮之浦港に接岸した。

私たちは中間さんの曽ての同僚の車を借りて、志戸子《しどこ》のガジュマル公園や海亀の産卵地として知られる永田浜などを訪ねたあと、その日の宿泊地、尾之間《おのあいだ》に向かった。モッチョム岳の麓にある地名と同じ民宿「尾之間」のご主人溝口夫妻は、ここ屋久島が気に入って東京から移り住んだ方で、我々を親身にもてなしてくれた。

翌日、目が覚めると、激しい驟雨であった。車軸を降らすとはこのような雨を言うのだろう。車に当たる雨が、屋根を貫通するかのように大きな音を立てている。これでは登山はとても無理と思い、その日は近くの滝や亜熱帯植物園を巡って時を過ごした。

一夜明けると、打って変わった上天気であった。中間さんが車で、昔、木材集積所のあった荒川荘跡まで送ってくれ、そこからは一人で縄文杉に向かった。はじめの二時間ほどはゆるやかなトロッコ軌道であったが、やがて急峻な山道となり、それが縄文杉まで続いていた。途中、ウイルソン株に立寄り、縄文杉に辿り着いた時は正午を回っていた。縄文杉の前に居られる時間は四十分ほどしかない。握り飯を頬張りながら、ずっと見続けた。

二千年を超える老樹は巨大な胴回りで、盤根は大地を摑み、まさに容貌魁偉といった風格であった。遥かな梢で、名も知らない小鳥が囀ってい た。私はその囀りに耳を傾けながら、縄文杉は太古の昔から様々な小鳥たちの声を聞いてきたのであろうと思った。

囀りを共にす縄文杉と吾

新ジャガ

新ジャガの季節になると、亡くなった義兄《あに》のことを思い出す。

義兄は北海道の稚内の生れで、家は船具などを売る商家をしていた。終戦の年、旧制中学生だった義兄は、配属将校に同級生とともに集められ、予科練か幹部候補生のどちらかを受験せよと迫られた。

「どうしても受けたくないやつは一歩横へ出ろ！」と言われて横へ出たのが義兄だった。

その時の言訳が、「一人息子で医者を目指しているから」というのだった。当時は、軍隊に行きたくないと言えば非国民呼ばわりされた時代だから、とても勇気のいることだったろう。結局、赤紙で召集され旭川連隊に入隊するが、わずか一か月で終戦を迎えた。

軍隊から逃れる言訳が、瓢箪から駒となって、義兄は東京へ出て旧制歯科医学専門学校に入学した。卒業後、アメリカへ留学する機会を得て、三年間彼の地で研修し、帰国後、銀座の歌舞伎座の近くに開院した。

子供の頃から歯が弱かった私は、義兄にはずいぶん世話になった。他の歯科医が「すぐ抜きましょう」と言うところを、義兄は、「まだまだ大丈夫。生かしてあげよう」と言って励ましてくれたものである。

診療が閉院間際だと、「サオちゃん(私のこと)今日付き合う?」と声を掛けてくる。

義兄は仕事帰りに必ず行きつけのバーへ寄って、ウィスキーの杯を傾けながら、そこのママやマスターと小半時、他愛ない話をして過ごすのが何よりの楽しみだった。

バーといっても、若い女の子が大勢いるようなバーではなく、年配のママやマスターが一人で経営している、十人も客が入れば一杯になるような店である。が、そこは、銀座の老舗の店主やビルのオーナーなどが通ってきて、いわば銀座のサロンを形成していた。

豪放磊落な義兄は、そこでも中心であった。一人ふらりと入ってきてはカウンターの前に座り、銀座の主《ぬし》のようなママやマスターを相手に、双方突っ込み漫才のような話が始まると、周りの客たちは皆引き込まれてしまうのだ。その義兄（松岡健一）の洒脱ぶりは、「龍」のママである岡野イネ子さんの著『銀座のサムライ』や漱石のお孫さんで漫画家の夏目房之介氏の著『あっぱれな人々』の中に鮮やかに描かれている。

その義兄は、新ジャガの季節になると必ずポテト料理を注文した。一口、口に運んで、それが北海道産のポテトだと分かると、満足げに顔を綻ばして、「ジャガイモは北海道に限る」と、呟くのだった。私も、新ジャガの季節になるとジャガイモを注文する。その時、義兄と同じように呟いている自分に気がついて、苦笑することがある。

義兄が亡くなって、銀座の町が少し淋しくなった。薄暮の並木通りを歩いていると、向うから、アスコットタイを粋に結び、ハンフリー・ボガート風にソフト帽を被った義兄が、飄々と歩いてくる姿が幻に浮んでくることがある。

アジサイ

梅雨の季節を代表する花はアジサイとハナショウブであろう。共に紫が映える日本独自の花である。うっとうしい梅雨の季節に紫陽花寺や菖蒲園を訪れると、雨の日でも心が晴れやかな気分になる。

十五年ほど前、今住んでいる家に移ってきた時、裏庭の東南の隅に一株のアジサイを植えた。噴き出すような緑の新芽を見て、これなら大輪の花を咲かせるであろうと期待していたら、花数は少なく色も冴えなかった。錆釘を根元に埋めると鮮やかな色になると聞いて、物置から探し出して埋めてみたが、一向に代り映えしなかった。クスノキやタイサンボクは土壌が合うのか、毎年すくすくと伸びて、剪定しないと隣家に迷惑をかけるくらいなのに、アジサイだけは何年経ってもしょんぼりしたままで、今ではアジサイはわが家の庭の土壌に合わないのだと諦めている。

アジサイの花は漢字で紫陽花と書くほか、四葩《よひら》、七変化といった言い方がある。紫陽花は花の色から、四葩は花の形から、七変化は色の移ろい易さから来ている。俳句に詠む時も、ただ音数が合うからというだけでなく、それぞれの言葉が持つ特性を生かして使うべきであろう。

紫陽花の藍きはまると見る日かな　　汀女
鍛冶の火を浴びて四葩の静かかな　　風生
園荒れて藪にまぎるる七変化　　〃

「紫陽花の」の句は、紫陽花の藍色の美しさを表しているし、「鍛冶の火を」

の句は、鍛冶の火の星形と紫陽花の四弁の形のコントラストを生かしている。また「園荒れて」の句では、アジサイの花の色が移ろい藪に紛れてゆくさまを表現している。更に、

あぢさゐの毬より侏儒《しゅじゅ》よ馳けて出よ　鳳作

の句になると、「あぢさゐ」という和語の原義、集まる（あぢ）、青い（真藍《さゐ》）花の意を生かして詠んでいる。藍色の花が集まった毬のようなアジサイから、小人たちよ飛び出してこいという句で、鳳作らしい自由な発想の句だ。

アジサイの花でもう一つ私が思い出すのは、学名の「オタクサ」である。これはシーボルトの日本人妻「滝」（愛称・オタキサン）の名に因んでいる。医者で博物学者であったシーボルトは、日本生れの美しい花アジサイに妻の名をつけてヨーロッパに紹介した。国外持ち出し禁制の品が発覚して国外追放の処分を受けたシーボルトは、日本を去るに当たって、愛する妻子を描かせた合子《ごうす》（香合）を作らせ、ヨーロッパに持ち帰った。現在、長崎のシーボルト記念館に収蔵されている合子の蒔絵には、日本髪の滝と、唐子の髪形の伊禰《いね》がそれぞれ愛らしく描かれている。

オタクサと名付けし花の藍深し　貞雄

河鹿笛

以前から疑問に思っていた季語に「河鹿笛」がある。歳時記の例句をみると、ほとんどが河鹿の鳴き声を笛に喩えて詠んでいるのだが、私にはまだ河鹿の鳴き声が笛に似ているという確信がない。昼間聞く河鹿の声は笛の音色に似ていないこともないが、いつも瀬音に紛れているので、ハッキリと聞いたためしがない。夜、湯檜曽川や吾妻川のほとりで聞いた河鹿の声は、交尾期ということもあったが、まさに大合唱といった感じで、とても笛の音色などといったものではなかった。河鹿の声は、私には、転がすような音色に聞こえるのだ。

「河鹿笛」という季語が歳時記に登場するのは比較的新しく、江戸時代や近代前期の歳時記には載っていない。たとえば、嘉永四年(一八五一年)刊の『増補　俳諧歳時記栞草』には、「河鹿」一語しか載っておらず、昭和八年刊の改造社版『俳諧歳時記』には、「河鹿」「河鹿蛙」「錦襖子」の三語が載っているだけである。

河鹿の鳴き声を表す「河鹿笛」が一般に普及するのは、近代になってからである。〈耿々と河鹿の笛に渓の天　不死男〉〈瀬によれば却つて遠し河鹿笛　移公子〉〈河鹿笛月がうす眼をあけにけり　節子〉などといった用例から、次第に広まっていったのであろう。

「〜笛」と名が付くものの中には、実物の笛と、喩えとしての笛がある。実物の笛としては、楽器類を除くと、鹿笛・雉笛・兎笛・鶉笛・水鶏笛・

雲雀笛など、その鳴き声をまねて獲物をおびき寄せるための笛と、鶯笛・鳩笛・蟬笛などの玩具としての笛がある。また、喩えとしての笛には、「鳶の笛」「虎落笛」などがある。

「河鹿笛」はこの喩えとしての笛に属するわけで、「河鹿」という名前そのものも、鹿の声に似ているという比喩から生れたものだ。

歳時記の解説を読むと、昔、都の風流人が河鹿の声を愛でて飼っていたという記述が出てくる。また、河鹿を夜店で売っていたという記述もある。とすると、河鹿を捕まえてきて商売にした人がいたに違いない。彼らは、笛で河鹿をおびき寄せて捕まえていたのではなかろうか。〈河鹿笛吹きくヽ岩を変へにけり　朴童〉の例句は、河鹿蛙ともとれるが、河鹿を捕まえる人の姿ともとれる。

私は、河鹿を捕まえるための笛がまずあって、その使用が廃れたあと、鳴き声を表すほうへ変わっていったのではないかと思っている。その笛が見つかれば、一切は解決するのだが、今までは目にしなかった。が、昨年、ある人から、河鹿の鳴き声を口笛で上手に吹ける人がいると聞いた。私は、実物の笛ばかりを考えていたが、口笛や指笛であってもいいわけだ。唇と指だけで様々な生き物の鳴き声をまねてみせる芸人もいるくらいだから、河鹿の鳴き声を上手に真似て吹ける人がいてもおかしくない。

今度、河鹿の声を聴く時は、じっと耳を澄まして、笛の音色に似ているかどうかを確かめてみたいと思っている。

ジュンサイ

中国に、「蓴羹鱸膾《じゅんこうろかい》」という故事がある。秋風の吹きはじめた頃、晋の張翰《ちょうかん》は、古里のジュンサイの吸物とスズキの膾《なます》の味が忘れがたく、官位を捨てて、数千里離れた故国呉に帰るという話である。張翰には、次のような話も残されている。ある人が、「君がこの世を気ままに楽しむのもいいが、死後の名声は考えないのか」と聞いたところ、張翰は、「死後に名声を残すよりも、今この時の一杯の酒のほうがいい」と答えたという。およそ名利を求める気持のない、無欲恬淡な人物であったらしい。

「蓴羹鱸膾」の話の中に出てくるジュンサイとスズキは、俳句ではそれぞれ夏と秋の季語になっており、日本ではその頃が旬であるが、張翰の故郷江東の呉では初秋が旬だったのであろう。スズキは、タイに次ぐ美魚と言われて、味もよく、『古事記』や『万葉集』にも出てくるほどで、古来から日本人に賞味されてきた。中国の人々も同様に賞味したであろうことは、想像に難くない。

しかし、ジュンサイとなると、その上品な味は分かるものの、あまりにも淡泊すぎて、張翰が官位まで捨てて帰郷するのに値するかどうか、甚だ疑わしく思われた。

その疑問が解けたのが、山形の大谷地沼を吟行した時のことである。ちょうど、ジュンサイ摘みの最盛期で、沼を隙間なく埋めた葉を分けて、一人乗るのがやっとの箱舟が数隻、沼のあちこちに散らばって若芽を摘んでいた。舟に乗っているのはほとんどが老人で、農作業の合間を縫って、この時期、ジュンサイ摘みに精を出していたのである。

　菅笠より手が出て蓴《ぬなは》摘んでをり
　蓴摘むひと日利き手は水の中
　睡蓮はすぼみ蓴菜摘み果てず

一日じゅう水中に目を凝らして丁寧に若芽を摘んでいく作業は、かなりな重労働とみえた。夕方になると、岸に舟を揚げて、沼辺にある集荷所に収穫してきたジュンサイを集め、客に量り売りするのである。

偶々、舟の人が手折ってくれたジュンサイの一茎を見ると、葉の裏から茎、若芽、花の蕾に至るまで、限なく、ゼラチン質のヌルで被われていた。そのヌルが、東京の料亭の吸物などに出てくるジュンサイとは違って、実に分厚く、宝石のように輝いていたのである。

その日、旅館の夕食の膳に出たジュンサイの吸物も、ヌルが厚く、歯ごたえがあり、喉越しの感触が格別であった。これまで、あるかなしかの淡い印象であったジュンサイが、確かな存在感をもってそこにあった。張翰が、官位を捨ててまでして古里のジュンサイを食べに帰郷した気持が、この時、理解できたのである。

「どぜう」か「どぢやう」か

浅草へ出た折とか旅行帰りに、よく「駒形どぜう」に寄ることがある。暖簾をくぐって入ると下足番がいて、席が空いているのを確認してから下足札を渡してくれる。店は一階の簀子《すのこ》の間、二階の畳の間、地下の椅子席があるが、私は、一階の簀子の間が好きである。大広間に幅二尺ほどの厚板が四列ほど敷き並べてあり、客はその傍に膝送りに座ってゆくのだ。

私はいつも決まって、泥鰌鍋と湯葉刺しと熱燗を注文し、最後に、お茶漬けを注文する。注文が済むと、店員が炭火のかんかん熾《おこ》った小さな火鉢と平鍋に盛った泥鰌を運んでくる。泥鰌鍋には笹掻き牛蒡が合うというが、私は刻み葱を山と盛り上げて食べるのが好きだ。煮えて葱の山が沈んでくると、出汁《だし》を足して、再び葱を山と盛り上げる。これを泥鰌と絡めて小皿に取分け、フーフーいいながら食べるのである。

或る時、斜向《はすむか》いに、私と同じように独酌していた客が声を掛けてきた。聞くと、レントゲン技師であるという。週一回は必ず駒形どぜうへ寄って泥鰌を食べるので風邪ひとつ引いたことがないという。更に、「泥鰌はカルシウムがあって骨にいいんです。特にこのヌメヌメがいい。これが関節を滑らかにするんです」と言う。レントゲン技師から、泥鰌は骨と関節に効くと言われると、ことさら首肯されるのだ。

ところで、「泥鰌」の歴史的仮名遣いは「どぜう」だと思っている人が多いが、正しくは「どぢやう」である。それが、なぜ「どぜう」になってしまったのだろうか。

駒形どぜうの五代目当主、越後屋助七の著した『駒形どぜう噺』によると、文化三年の江戸の大火で駒形の町が焼けたあと、初代助七は観音様の参詣人をアッと驚かせようと、当時は屋号だけを染め抜いていた暖簾に、商品名の泥鰌をひらがなで「どぜう」と染め抜かせたという。暖簾作りを請け負った初代撞木屋仙吉は、間違った仮名遣いでは書けないと言い張ったが、それを何とか説得して書かせた。それが評判になって、大勢の客が押しかけたという。では、助七は、勝手な仮名遣いで暖簾を書かせたのだろうか。

十七世紀初めに日本イエズス会が編集した『日葡《にっぽ》辞書』は、当時の日本語の発音を知るうえで貴重な資料である。その辞書で「泥鰌」を引くと「Dogiŏ」と記されている。「g」はダ行を表し、「ŏ」は開音の「o」なので発音はドヂヤウである。これで、江戸時代初めの日本人が泥鰌をドヂヤウと発音していたことは明らかである。それが、時代が経つうちに発音が変化し、文化年間にはドゼウと発音するようになったのであろう。初代助七は、当時の発音をそのまま暖簾に染め抜いたのである。

それはともかく、私は、やはり「どぜう」と染め抜いた暖簾を割って入りたい。「どぢやう」と書いてあると、泥を含んだ泥鰌が浮んでくるが、「どぜう」と書いてあると、泥を吐いてすっきりした泥鰌が浮んでくるからである。

滝の句

滝を見るのは好きである。同じ水でありながら、水平に流れる谷川よりも垂直に落ちる滝に心が惹かれるのは、そこに、驚きがあるからであろう。穏やかに流れてきた谷川の水は、崖の縁に来てアッと声を上げて落ちてゆく。只ひたすら滝壺に向かって落下し、そこで飛沫を上げて砕け散るのだ。轟音に包まれながら、ひたむきに落ちてゆく水を目で追っていると、一切の雑念を忘れ去る。それは滝垢離《たきごり》する行者の気持と同じであろう。滝を見たあとは、いつも心が浄化された気がする。

ここで、滝を詠んだ句を幾つか取り上げてみよう。

滝 の 上 に 水 現 れ て 落 ち に け り　　夜　半

私は長い間、この句は当り前のことを詠んだ句と思い、その良さが分からなかった。が、名句と言われる以上、私の鑑賞に欠けるところがあるのだろうと、滝を見上げる度にこの句を思い起こしていた。

或る時、滝頭を見つめていて、ふとこの句の真意が分かった気がした。滝の水には、渓流から滝となるまで繋がっている水の束と、それから分かれる水とがあるのだ。表面の水は、崖の上まで来て滝から離れ、水塊や水飛沫となって落下する。この句は、繋がり落ちる水の束、即ち「滝」と、離れ落ちる「水」との二つの概念で捉えなければいけないのだ。そう解釈すると、この句が優れた写生句であることが分かる。

後藤夜半の句集『翠黛』には、この句に続いて〈滝水の遅るるごとく落つるあり〉の句が載っている。共に透徹した写生句と言っていいだろう。

木洩日をとどめず滝の面走る　　敏郎

敏郎のこの句もまた、滝と水を分けて捉えている。木洩日の差している滝の表面の水は、木洩日の光を刹那に映して走り去る。光と水との瞬時の触れ合いを捉えた句で、やはり優れた写生句と言えるだろう。

滝の句でもう一つ忘れられない句がある。

寂莫と滝かけて山粧へり　　火童

永作火童は「春燈」で活躍した作家で、癌との闘いを続けながら俳句に情熱を傾けた。この句は、その最晩年の作である。どこの滝とも言えない。作者が生涯のうちに見てきた滝の景が一つに結晶して成った心象句であろう。

遠くから眺める滝山は寂静として、一筋の滝が光りながら紅葉の中に落ちている。仄かな明るみの紅葉山は、安養《あんにょう》浄土といってもいい。滝は、作者自身でもあろう。浄土門の人々が死に臨んで、弥陀の来迎を得て極楽に往生するように、俳人は心を満たす〝死に際の風景〟を一句に成し得た時、安心し往生するのである。一句の中に多用されているア音のひびきが、誦する者を安らかな境地へと誘《いざな》ってくれる。

涼風

部屋にクーラーを入れる季節になると、『徒然草』の中の「家の作りやうは、夏をむねとすべし」の一節が思い浮んでくる。

冷暖房が整った現代では、この言葉は無用なのかも知れないが、クーラーの涼しさに満足していない私には、やはり、自然の涼風が好ましい。昔の日本家屋は、夏を涼しく過ごすために風通しのよい構造になっていた。萱葺きの屋根は太陽の炎熱をやわらげるとともに風通しもよく、縁側は、庭の涼風を満喫できる格好の場所であった。窓の上に庇があるお蔭で、雨の日にも窓を開けて風を入れることができた。庇は、涼風を味わうには欠かせない作りなのである。

クーラーが作り出す風は、涼風というよりも冷風で、痩せている私には身にこたえる。電車の中などで頭の上からクーラーの風が当たる時は、別の場所に移るようにしているが、満員電車の中ではどうしようもない。車内が空《す》くまでじっと耐えるしかないのである。真夏に上着を持って出かける習慣が身についたのも、冷房対策のためである。単なる涼風に出合うためなら、家から目と鼻の先の江戸川堤に行っても、また、芝浦などの東京湾岸に行っても叶うが、心地よい涼風に出合うことはめったにない。

心地よい涼風とは、私に言わせれば、命の喜びを感じさせてくれる涼風である。それは、渡ってくる道筋や風のさらさら感や強さ、肌の感触などの総合的な感覚なのであろう。そうした真に心地よい涼風に出合った記憶は、今までに三度しかない。

一度目は、教員生活をしていた頃、文芸部の生徒と一緒に巡った『奥の細道』の旅の途次である。その年は、平泉から山刀伐峠・尾花沢・山寺と巡った。車の少ない旧道はすべて歩く主義なので、この時も、赤倉から山刀伐峠を越えて尾花沢まで、炎天下をリュックを背負って歩いた。尾花沢の町に入り、芭蕉が泊った養泉寺を見つけた時にはホッとした。その時、一陣の風が稲田を渡って吹き抜けた。生き返る思いがしたというのは、この時の感じを言うのであろう。

二度目は、広島で誌友の集いが開かれた時である。宮島を訪れて厳島神社を参拝したあと、千畳閣に立ち寄った。まさにその名のとおり、千畳もあろうかと思われる大経堂を、海からの風が吹き抜けていった。その時の涼風は、喩えがたいものであった。

三度目は、大分の俳人協会支部に招かれて別府で講演した後、国東半島を巡った時のことである。富貴寺の大堂を拝して、堂縁に腰かけていると、境内の榧の大樹から涼風が吹き渡ってきた。この世を忘れるような心地よい風で、旅をやめてずっとそこに居たいくらいであった。

風 涼 し 一 膚 が つ つ む い の ち か な

時計草

私が初めて時計草を知ったのは、今住んでいる家に引っ越して数年経ってからのことである。一軒隔てた家の奥さんが園芸好きで、狭い土地を生かして家の垣根にいつも珍しい蔓植物を育てていた。スイカズラ・センニンソウ・リュウキュウアサガオなど……。ある年の夏、傍を通りかかると、大輪の色鮮やかな花が咲いているのが目に留まった。近づいてみると径八センチほどの花で、萼と花冠とからなる淡紅色の花弁は十枚であった。その内側にある糸状の副花冠は紫と白の蛇の目模様で、この花を特徴づけていた。雄蕊《おしべ》は五本で、その上に被さるように雌蕊《めしべ》を三本広げていた。鮮やかな花の色から、すぐ南国の花と分かったが、名前が分からない。

家に帰って植物図鑑を調べてみると、ブラジル原産の時計草であることが分かった。そう言われてみれば、十枚の花弁は時計の文字盤に似ているし、花の上に掲げている三本の雌蕊は時計の針に似ている。よくぞ名付けたものと感心するとともに、神の造化の妙を思わずにはいられなかった。また、この花の学名が「悩める花」の意で、十字架の形に似た雌蕊の形から名付けられたことや、教会の祭壇によく飾られることも知った。

私は改めて時計草の花を観察した。三本の雌蕊の長さは同じで、どれが時針か分針か秒針か分からない。中にはぐにゃりと曲った針もある。また分かったとしても、文字盤の十二時がどの花弁に当たるのかが分からないので時刻は判明しない。時計草には文字盤と針はあるが、時は止まっているのである。暫くすると、一匹の虻が飛んできて花に止まり、その上をゆっくりと移動しはじめた。と同時に、時が流れ出したのである。

虻が来て時ながれだす時計草

私は時計草のぐにゃりと曲った針を眺めながら、以前、福島県の諸橋近代美術館で見たダリの時計の絵を想い起こしていた。ダリが描いた時計の絵は、いずれも文字盤と針がぐにゃりと曲がっている。ダリは時計に象徴される人間社会の分刻みの時の観念から自由でありたいと願ったのだろう。人の内的な時間は、個人個人みな違うのである。同じ一時間でも、とても長く感じられることもあれば、あっという間に過ぎ去ることもある。内的な時間は柔軟であって、時計で計られるようなかっきりとした硬い時間ではないのだ。時計草の時間は漠然とした時間で、ダリの時計に通じるものがあった。

とけい草ダリの時間に迷ひ入る

私は時計草を見ているうちに、宇宙の時間、地球の時間というものを考えはじめた。宇宙が誕生してから百三十八億年、地球が誕生してから四十六億年といわれている。誕生がある以上は滅亡する時もあるはずだ。それは何時《いつ》なのか。鈍感になった人類には分からなくても、植物は知っているかも知れないと思った。

時計草宇宙のときはいま何時

虹

最近は虹を見ることが少なくなった。虹らしい虹を見るのは、平均して年に二、三度ぐらいであろうか。時として、年に一度も見なかった年もある。私がこの前に見た虹は、昨年の夏、南船橋に用事があって京葉線に乗った折、乗り換えのホームで見た虹である。ちょうど夕立があった後で、町の上に低く弧を描いた淡い虹であった。

それにしても、私が子供の頃はもっと多くの虹を見たような気がする。夏の朝、家の前に水を打つと虹が生れたし、隅田川を渡舟で渡っても虹が見えた。町空のあちらこちらに鮮やかな虹が立ったように記憶している。それが今少なくなったのは、高層ビルが建ち空気が塵埃で汚れたせいであろうか。

私がこれまでに見た虹で思い出に残っている一つは、高校時代の友人と見た虹である。同じ下町生れで気心が合ったFとはよく山歩きをしたり、絵を描きに出かけた。ある年の夏、甲斐の扇山を歩いていると、雑木林の中で夕立に襲われた。簡単な雨具しか持っていなかったので半ば濡れねずみで歩いていると、やがて雨が上って日が差してきた。ちょうど雑木林から広い草原に出るところで、そこに、美しい虹が懸かっていた。Fと肩を並べて、暫く虹を眺めていた。そのFは、卒業して医師になったが、二十年ほど前に若くして亡くなった。

もう一つの思い出は、平成十八年の秋、近江で誌友の集いが催された折である。日に幾たびも時雨が降り、上ると美しい虹が現れた。山科で見、志賀で見、堅田で見、安土で見、日に五、六たびも明《さや》かな秋の虹を見た。まるで、琵琶湖を舞台にした虹のショーのようであった。

また、小さな虹だが印象に残っている虹がある。草津白根山に登った折のことだ。火口湖の近くで濃霧と雨に出合い、晴れると、激しく風が吹いた。烈風の中に片虹が現れて、微動だにせず懸かっていた。儚いと思っていた虹の強さを初めて見て感激した。

同じような情景は滝壺でも見たことがある。滝壺が生んだ虹の中を、霧しぶきが激しく吹き飛んでいた。虹はやや揺らめきながら、それでもしっかりと懸かっていた。

昔の中国人は、虹を天界に住む竜と考えた。「虹」の字の虫偏はその竜を表している。虹には雌雄があって、雄を「虹《こう》」といい、雌を「蜺《げい》（霓）」というのだそうだ。外側が赤で内側が紫の色鮮やかな虹が「虹」に当たり、その外側に少し離れて、色の順を逆にする淡い虹が「蜺」に当たる。津田清子の句、

虹　二　重　神　も　恋　愛　し　た　ま　へ　り

も同じイメージから生まれたものであろう。

虹を目にすると、人々は心が奪われ、虹が消えるまでその虜《とりこ》になってしまう。その間、心は喜びと幸せに満たされるのだ。

虹がもっと多く町の空に現れて、現代人の渇いた心を潤してくれたらと願う。

花火

花火の季節は秋なのか、夏なのかで迷うことがある。改造社『俳諧歳時記』・虚子編『新歳時記』・『風生編歳時記』・角川書店『図説俳句大歳時記』では秋の部に入れているが、文藝春秋『最新俳句歳時記』・講談社『新日本大歳時記』・『角川俳句大歳時記』では夏の部に入れている。そして、現代の歳時記のほとんどは夏の部である。

江戸時代はというと、歳時記、俳諧作法書のいずれも秋の部に入れている。が、なぜ秋なのかについては、『華実年浪草』に「花火、夏月以て河辺の遊興となす。俳諧に秋となす、その謂《いわれ》未だ詳かならず」とあるように、実際に夏に花火が上がっていても、俳諧では秋にする理由が分からなかったようである。

花火は戦国時代に、ポルトガル人が火術とともに日本に伝えたと言われている。その後、花火職人の手によって日本の花火が作られた。初めは盆の行事として高灯籠や大文字の火(曽ては迎え火でもあった)と同様、祖霊を招く灯火として使われた。花火が盛んになった理由に、川開きとの縁がある。享保十八年(一七三三年)に両国の川開きが行われた際、幕府は飢饉や疫病による死者を慰霊し、悪病を退散させるために水神祭を催し、花火を打ち上げた。それが引き継がれて、やがて全国に広まり、川開き・納涼の花火として定着したのだという。

花火が長い間秋の季語と考えられてきたのは、盆の行事との関わりがあったからである。現代は盆の行事から離れ（一部には今も残っているが）、納涼・観光の行事としての色彩が強くなったために、歳時記では夏の部に入れるようになったのだろう。

私にとっての花火の思い出は、戦後、家の物干台から見た両国の花火である。当時は高い建物もなく、私の住んでいた日本橋小舟町からも隅田川の花火がよく見えた。両国橋近くまで足を運ぶと、川沿いの料亭が軒並み桟敷を設けて華やかであった。花火は今と違って玉の大きさも小さく、仕掛花火も大掛かりなものではなかったが、子供の目には十分すぎるくらい豪華であった。隅田川から吹いてくる川風と、闇に舞うコウモリの妖しい影を今も忘れることができない。

最近は、家から歩いて五分ほどの江戸川堤で花火を楽しんでいる。当日は、昼間から市川駅の改札を出る浴衣姿の若い男女の姿が後を絶たず、下流の会場の辺りでは大変な人出となる。が、私が花火見物をする土堤は近所の住人が見にくるくらいで、閑散としている。好きな場所にレジャーシートを広げ、折畳み椅子や卓を並べて、家族ごとに花火を楽しんでいる。気楽に足を伸ばしたり、寝転んだりして、花火を楽しめるのがいい。そして何よりも、私の子供時代と同じ涼しい川風と、闇を飛ぶコウモリの姿があるのが嬉しい。

なんじゃもんじゃの木

あれは、敏郎先生が、那智の滝を、〈滝落としたり落としたり落としたり〉と詠まれた年であるから、平成二年のことであったろうか。

先生は船がお好きだったので、竹芝桟橋を夕刻出航するさんふらわあ号に乗って船中で一泊し、翌朝、那智勝浦の宇久井港に入港した。近くの補陀洛山寺を参拝したあと、バスで大門坂まで行き、そこから滝まで熊野古道を歩いた。その頃は、先生もまだお元気で、苔むした石畳の道を我々と一緒にゆっくりと歩いて登られた。古道を少し行くと、道端に、「なんじゃもんじゃの木」という標《しるべ》が立っていた。どんな木か見たい好奇心に駆られたが、那智の滝とは反対の方角だったので、心は残りながらも、諦めた思い出がある。

東京では、なんじゃもんじゃの木というと、明治神宮外苑や深大寺にあるヒトツバタゴが有名である。ヒトツバタゴはモクセイ科の落葉高木で、初夏の頃、枝先に円錐状の花を雪のように咲かせる。ヒトツバタゴとは変わった名前だが、タゴはトネリコの別名で、トネリコが複葉であるのに対してヒトツバタゴは単葉であるので、この名が付いたという。

この木の自生地は木曽川流域と対馬に限られているので、なんじゃもんじゃの木としては最も広範囲に分布している。最近、植木市などでなんじゃもんじゃの木として売られている苗木のほとんどが、このヒトツバタゴである。

「若葉」の投句の中にも、時々、「なんじゃもんじゃの花」を季語とした句を見かけるが、これもヒトツバタゴの花を詠んだものであろう。

ところが、なんじゃもんじゃの木は、全国にたくさんの種類があるのである。もともと、なんじゃもんじゃの木とは、その地方では珍しく、名前の分からない巨木を、「それはなんじゃ、なんというもんじゃ」と疑問を発したところから生れた言葉だ。したがって、寒冷地に多い木が温暖の地に混じって生えていればなんじゃもんじゃの木になるし、逆に、温暖の地の木が寒冷地に生えていれば、これもなんじゃもんじゃの木になる。

全国各地のなんじゃもんじゃの木を調べてみると、ヒトツバタゴの他に、クスノキ、タブノキ、アブラチャン、ダンコウバイ、クロガネモチ、ホルトノキ、ハルニレなどがあり、その土地の天然記念物や名木になっているものが多い。

このうち、アブラチャン、ダンコウバイ、ハルニレは春に花が咲き、他は夏に咲く。したがって、なんじゃもんじゃの花は、季語には成り得ないのである。

「ヒトツバタゴの花」と詠めば季語としては通用するが、イメージのふくらみがない。ここは、なんとか、他の季語を入れて、「なんじゃもんじゃの木」という言葉を生かしたいものだ。

なんぢやもんぢやの木の紛れゆく秋の暮

俳句の三楽

オリンピックの開幕前もまた開期中も、選手へのインタビューが盛んに行われた。その中で、選手が、「オリンピックを楽しみたい」という言葉を多く使っていた。オリンピックで、楽しんで競技をしたいという意味である。こう発言し、それを実行できた選手は、結果も良かったようだ。逆に、是が非でもメダルを取らなければならないという責任感を負った選手は、あまり良い結果が出せなかったようである。

選手の多くが、競技を楽しみたいと言ったのは、そうすることで心身ともリラックスし、自分の力を十二分に発揮できることを知っていたからである。

孔子は「これを知る者はこれを好む者に如《し》かず。これを好む者はこれを楽しむ者に如かず」と言った。知っているということは好むことに及ばない、好むということは楽しむことに及ばない、と言うのである。これを俳句に当てはめれば、俳句の知識を多く持っている人よりも俳句が好きだという人のほうが上であり、俳句が好きだという人よりも、俳句が楽しくてしようがないという人のほうが上だというのである。俳句に限らず、仕事でも趣味でも、それを楽しんでいる人が最も充実した時間を過ごしていると言えるだろう。

私は、俳句には三つの楽しみがあると思っている。

一つ目は、自然に親しむ楽しみである。小説や詩、短歌と違って、俳句には季語があるので、我々は吟行や旅行を通して自然と親しむ機会が多い。自然の中にいる時は、誰もが心が解放され、清々《すがすが》しい気分になるものだ。一つ一つの草木虫魚の名前を知って自然と親しくなることは、人の心を豊かにしてくれる。

二つ目の楽しみとして、表現する楽しみがある。俳句は自分の思いを十七音と季語に託して詠んでゆくものだが、初めはすんなりと言葉が出なくても、やがて、適切な言葉が見つかるようになって、表現すること自体が楽しみになってくる。

三つ目の楽しみとしては、俳句を通して様々な分野の人々と、老若男女を問わず親しく付き合える楽しみがある。これは連歌の時代からの習わしで、宗祇は「老いたるは若きに交はりたるも苦しからず、高きは賤《いや》しきをも嫌はぬは、ただこの道（連歌の道）ならし」と言い、また、その仲間は「従兄《いとこ》ほど親しき」とも言っている。句会の後でお茶を飲みながら、また、盃を交しながら句を論ずるのも楽しいものである。

以上、俳句の三つの楽しみについて述べたが、楽しみにも深浅があることを忘れてはならないだろう。特に、二つ目の表現の楽しみには、それが言える。

表現に安易に妥協せず、適切な言葉が見つかるまで探し出すことは、時として苦しみを伴うが、それを乗り越えて的確な一語を見出した時の喜びは何物にも代え難いものである。それが、俳句の至上の楽しみと言えるだろう。

タゴールと俳句

今から約百年前に俳句に出合ったひとりのインドの詩人が、俳句をどのように理解しどのように自分の作品の中に反映させたかを考えてみることは、決して無意味ではなかろう。

詩集『ギーターンジャリ』で東洋人で初めてノーベル文学賞を受賞したタゴールは、大正五年に来日している。原三渓や横山大観の邸に泊って三か月余を日本で過ごしたタゴールは、その間に多くの日本人と接し、茶・能・生花・日本画・庭園といった日本の伝統に触れたが、最も端的に日本文化の特質を理解したのは、俳句であった。

紀行文『日本の旅』の中でタゴールは、たった三行で成り立つ詩の存在に驚き、芭蕉の〈枯枝に烏のとまりけり秋の暮〉の句を次のように紹介している。

「枯枝　烏一羽　秋　　それ以上に何もいらない。秋の木は葉が落ちている。朽ちた枝がある。烏がそこにとまっている。寒い地方では、秋は木の葉が落ち、花が萎み、空に霧のかかる季節である。まっくろい烏が朽ちた枝にとまっている。これだけで、読者は、秋の虚しさと愁いのすべてを、まざまざと直観することができる。詩人は最初から傍らに身をひいている。日本の読者は、心理的な直感力をめぐまれているので、詩人は傍らにどいていなければならないのである」（稲津紀三訳）

そして、「私が日本に来てから、感じていることは、情緒的な感動と表現を抑えることによって、美の感覚と表現を惜しみなく増大させることが、可能だということである」というタゴールの言葉は、短詩型である俳句の本質を鋭く捉えていると言っていい。

ただ、タゴールが初めからこうした簡潔な詩に価値を見いだしていたかというと、決してそうではなかった。むしろ、本国にいた当時は短詩を軽んじていたと言ってよいのである。タゴールがシレイダの農場で創作にふけっていた頃、そこで働く農民たちのために編んだ短詩集がある。警句と短詩のアンソロジーであるその詩集を、タゴールは『カニカ』と命名した。ベンガル語で「瑣末《さまつ》なもの」という意味である。農民たちから愛誦されたその詩句も、詩人の創作活動からみれば取るに足りないものだったのだ。

しかし、日本に来て、タゴールの短詩に対する評価は一変した。訪日後に刊行した短詩集『迷える小鳥』や『蛍』は、その題名からしても曽ての卑屈な思い入れはない。それどころか、『カニカ』がごく身近な人々を対象にベンガル語で出版されたのに対して、『迷える小鳥』と『蛍』は世界中の人々に読まれるべく、英訳出版されたのである。その変化は、訪日による俳句や日本芸術との出合いに起因するところが大きかった。

草は丘に生き残る　限りない死者の復活を通して

(The grass survives the hill / through its resurrections from countless / deaths .)『蛍』より

この三行の詩は、芭蕉の〈夏草や兵どもが夢の跡〉の句に唱和する一篇と言ってよいであろう。

『奥の細道』に記されなかった町

その頃、毎年夏休みになると、文芸部の生徒と一緒に『奥の細道』の跡を辿っていた。前年は須賀川から仙台までを旅したので、この年は石巻から平泉へ旅する予定であった。

普通であれば、石巻から平泉へ直行して、更に尾花沢まで足を延ばすのだが、途中の登米《とよま》で下車して一泊することにした。

なぜ登米に寄ったかというと、『奥の細道』での石巻から平泉までの記述がもの淋しかったのと、登米という地名に心が惹かれたからである。

『奥の細道』には次のように記されている。

「思ひかけず斯《かか》る所(石巻)にも来《きた》れる哉と、宿からんとすれど、更に宿かす人なし。漸《やうやう》まどしき(貧しい)小家に一夜をあかして、明《あく》れば又しらぬ道まよひ行《ゆく》。袖のわたり・尾ぶちの牧・まのの萱《かや》はらなどよそめにみて、遥《はるか》なる堤を行《ゆく》。心細き長沼にそうて、戸伊摩《といま》(登米)と云《いふ》所に一宿して、平泉に到る。其間《そのかん》廿余里ほどとおぼゆ」。『奥の細道』の記述はそれだけで、登米の地名とそこで一宿したことしか記されていない。

もう少し登米でのことを知りたいと思い、『曾良随行日記』に目を通すと、次のように記されていた。

「石ノ巻、二リ《里》鹿ノ股(一リ余渡《わたし》有)、飯野川(三リニ遠し。此間、山ノアイ、長キ沼有)。曇。矢内津(一リ半、此間ニ渡し二ツ有)。戸いま(伊達大蔵)、儀左衛門宿不レ借、仍《よつて》検断告テ宿ス。検断庄左衛門」

これによると、石巻から登米に着くまでに二、三の渡しがあって、芭蕉たちも舟に乗って川を渡ったこと。天候は曇であったこと。伊達村直(大蔵)領の登米で儀左衛門という者の宿に泊まろうとしたが断られ、宿駅の役人(検断)蓮沼庄左衛門に事情を話して泊めてもらったこと、などが分かる。が、それ以上の芭蕉と曾良の行動は不明である。

私たちは、石巻から石巻線で小牛田《こごた》へ出て、そこから東北本線に乗り換えて瀬峰の駅で下車した。駅からバスで一時間ほど揺られて登米の町に着いたのは午後一時を回っていた。駅前で食事をすませ、まっすぐ旅館に向かった。登米は伊達支藩二万一千石の城下町として栄え、今でも武家屋敷が多く残っている。明治時代は、石巻と一関間の川舟を中継し、米の集散地として栄えた町である。醸造業が盛んで、北上川河畔には、今でも土蔵造りの店が軒を連ねている。私たちは旅館に荷物を預けて、伊達館跡や、旧登米高等尋常小学校、武家屋敷などを見て回った。

私が、『奥の細道』にはほとんど記述のない古道を歩き、名も無い町を訪ねるのは、そうした所での芭蕉の体験が『奥の細道』の土台になっていると思うからである。芭蕉は街道や村々を歩きながら、多くの人と接し、多くの風景を見、多くのことを考えたに違いない。それが、『奥の細道』という作品を底で支えているのである。

家の作りやうは、夏をむねとすべし

兼好法師の『徒然草』の中に次の一文がある。

「家の作りやうは、夏をむねとすべし。冬はいかなる所にも住まる。暑き比《ころ》わろき住居は、堪へがたき事なり。深き水は涼しげなし。浅くて流れたる、遥《はるか》に涼し。こまかなる物を見るに、遣戸は蔀《しとみ》の間よりも明し。天井の高きは、冬寒く、灯暗し。造作《ざうさく》は、用なき所をつくりたる、見るも面白く、万《よろづ》の用にも立ちてよしとぞ、人の定めあひ侍りし」

どこの家にも空調が完備し、電気が気兼ねなく使えた時代には、この言葉は忘れ去られていたが、今、電気をはじめエネルギーが大切になってきた時代に、この言葉が改めて蘇ってきた。

年々暑くなり、夏が巡ってくると、今年はどう過ごそうかと頭を痛める。クーラーを入れればそれで解決することだが、私は元来クーラー嫌いである。冷え性である上に、密閉された部屋に長時間いると息苦しくなってくるからだ。それでも、室温が三十度近くなると頭がボーッとして仕事ができなくなるので、クーラーを入れる。そして、小まめに空気を入れ換える。夜中にクーラーを入れることはないが、熱帯夜の日だけは別である。が、今度はクーラーの音が気になって眠れなくなる。それで、ここ数年は頭の下に冷却枕を敷いて寝るようにしている。これがなかなか気持よい。

最近、自然の風を生む扇風機が売り出されていると聞いて買い求めた。十四枚の羽根で自然に近い風を生みだし、モーターの動作音は蝶二羽のはばたきほどだという。この扇風機でこの夏をどこまで乗り切れるか、今から期待している。

『徒然草』にもあるように、昔の日本家屋は夏を主として作られた。涼しくするために、強い日差しをさけ、風通しをよくする工夫が随所に施された。高床や深庇、窓の多さがそうであるし、取りはずしのできる襖や障子といった建具がそうである。『徒然草』の一文に「用なき所をつくりたる、見るも面白く、万の用にも立ちてよし」とあるが、これですぐ思い浮ぶのは、縁側と窓の庇である。縁側ぐらい夏の納涼にふさわしい場所はあるまい。家の端にあって、室内でも室外でもない不思議な空間を作り出す。窓の庇は現代の建築では邪魔物扱いされるが、雨の日に庇がないと、窓を開けることとすらできない。

日本人は、夏の涼しさを作り出すために五感のすべてに訴えた。金魚や水中花は視覚の涼しさを、風鈴は聴覚の涼しさを、香は嗅覚、氷菓やゼリーは味覚、花氷は触覚の涼しさを作り出した。私が最近凝っているのはロウソクの明りの涼しさである。玄関に置いたガラス器に水を満たして点したキャンドルを浮べると、ガラスの屈折で壁にオーロラのように光が揺曳《ようえい》し、見た目にも涼しげである。

今年も、あらゆる工夫をして、暑い夏を乗り切りたいと思っている。

雨傘

梅雨の季節になった。昔はよく舗道に座を設けて、傘の修理をする人を見かけたものだが、最近は、全くと言っていいほど見かけなくなった。それもそのはず、一本五百円の傘が売りに出される世の中では、修理などバカバカしく思われてくるだろう。

日本橋の旧丸善ビルの屋上にゴルフの練習場があって、以前、私はよく足を運んだ。といっても、ゴルフをするわけではない。傍らの管理人室へ寄るのである。そこの管理人さんが趣味で傘の修理をやっており、曲った骨や壊れた接続部を器用に直してくれたからだ。決してスマートな出来上りとは言えなかったが、それでも結構間に合った。修理が終ると、百円を机の上の募金箱に入れることになっていた。

傘に限らないが、壊れたからといってすぐ捨てる気にはなれない。多少、修理代が嵩んでも、直せるものは直して、使える限り使いたいと思う。自分自身を考えてみても、年とともにあれこれ故障が出てきて、そのつど病院や鍼灸院通いをして手当てをしている。人間誰しも、体に故障が出てきたからといって、自分を捨てる者はいないだろう。モノとても同じである。使える限りは修理して、大事に使ってあげたいと思う。「器物百年を経て魂を持つ」という言葉があるが、長く使っていると、モノにも心が宿るものだ。

傘には、昔からこだわりがあった。母校の附属中学校に勤務した当初、山岳部に誘われてよく山行をともにした。中学の山岳部ではあったが、部長の先生の方針で、アルプス級の山々をテントを張って縦走する本格的なものであった。夏は燕岳・雲ノ平・朝日岳などを縦走し、冬春は八甲田山・白馬岳・飯縄山などをスキーを履いて登った。

山の装備で一番気を使うのが雨具である。今はゴアテックスのようなよい素材の雨具も出ているが、当時は、ナイロン製のものやゴム引きのものが一般的であった。あれこれと使ってみたが、結局、折畳傘が一番よいことに気がついた。

それからは、骨のしっかりした折畳傘を探して持ってゆくようになった。俳句の吟行が多くなってからは、いつもショルダーの中に折畳傘を忍ばせている。これも、大きさやバランスのよいものを選ぶのに苦労した。買い足しているうちに、いつしか、折畳傘だけで十本ちかくになった。

雨の季節になって困るのは、傘の先である。駅の階段などを上っている時、前を歩いている人が、傘を横に持ったり脇に挟んだりしていると、歩くたびに傘の先が突き出て怖くてしようがない。こういう人は、自分が持っている傘の先が眼中にないのだろう。傘の持ち方一つで、その人の性格が分かるものだ。

私は、傘の先を足元前方に向けて持つようにしている。こうすれば、傘の先はいつも目の中に入り、人を傷つけることはないからだ。

富士山

平成二十五年に、富士山とその構成資産がユネスコの世界文化遺産に登録された。地元の山梨県や静岡県のみならず、すべての日本人が待ち望んでいたことで、喜ばしいことである。が、一方で、景観や環境の保全を図らなければならないという大きな課題を突き付けられたわけで、我々の責務は大きい。

日本一の山である富士山に登ってみたいという願いは、結婚した翌年、妻と一緒に初登頂して、果たした。山岳部のK先生のアドバイスで、登山客が少ない八月下旬の山終《じま》いの時期を選んで、富士吉田口から登った。五合目まではバスで行き、そこからは砂礫《されき》の道を歩いて、七合目の山小屋、東洋館に着いたのは夕刻であった。翌朝、ご来光を見て登りはじめると、呼吸はつらく、足の運びが重かった。空気が薄くなったのだ。八合目から頂上までの間の何と長く感じられたことか。山頂のお鉢巡りはしたものの、ほとんど記憶に残っていない。曇天であったせいもあったが、荒涼とした熔岩と砂礫の景が続くばかりで、心に刻まれる景がなかったからである。

下山途中に再び東洋館に寄ると、小屋のご主人が、今日はどこに泊るのかと聞く。まだ旅館は取ってないが火祭のある富士吉田市に泊る予定だと答えると、それなら自分の家に泊ってゆけと言う。そしてすぐに電話を入れ、地図を書いてくれた。東洋館のご主人の家は元御師《おし》の家で、今は講宿を営んでいる。幾つもの大広間があり、厠は畳二畳もある立派なものであった。山終いの日とあって泊り客は他になく、我々は二十畳もある部屋に旅装を解いた。夕闇が辺りを包みはじめると、山頂に近い山小屋から順次下へ篝火が焚かれ、最後に、町の各家の前に積んであった高さ二丈もの薪に火が点されて、町中が火の海と化した。通りは観光客で賑わっていたが講宿の中は静かで、山小屋の関係者と親戚の人たちが集まってきて山終いの納会を始めた。我々も招ばれてご馳走を勧められたが、食べきれないほどの量であった。

或る年、風生先生が、〈赤富士に露滂沱たる四辺かな〉と詠まれた赤富士が見たくて、同人の宮下時雨さんのお宅に泊めてもらったことがある。赤富士は晩夏から初秋の明方、朝日が雲や霧にさえぎられて分光し、富士の肌が赤色に染まる現象である。我々は朝の四時に起きて、夕顔棚の脇で待った。やがて、朝日が差しはじめると、今まで薄墨色であった山肌が紅色を帯び、赤味がぐんぐん増して頂点に達した時、北斎が「富嶽三十六景」で描いたような深みのある緋色になった。その間二十分ほどを、我々は言葉もなく、息を詰めて見入っていた。

炎舞

速水御舟の名作「炎舞」を初めて見たのは山種美術館で「速水御舟」展が開催された時であった。この絵の前に来て、燃え上がる紅蓮《ぐれん》の炎と、その先に舞う白蛾の妖しさに心奪われ、暫く立ちつくしていた記憶がある。その後、館長の山崎妙子さんの講演を聞く機会があり、御舟がこの絵で最も苦心したのが闇の色であることを知った。

今年(平成二十七年)、同美術館で「前田青邨と日本美術院展」が開催され、御舟の「炎舞」も展示されていると聞いて、再び足を運んだ。「日本美術院」と銘打ってあるだけに、前田青邨と横山大観・下村観山・菱田春草・小林古径・安田靫彦といった錚々《そうそう》たる顔触れの作品が並んでいた。私は一つ一つの作品に見入った後、再度、気に入った作品の前に立った。日本美術院を代表する画家たちの作品を総覧して、改めて、その作品の質の高さと、個性の豊かさに感嘆した。

私がこの展覧会で最も観たいと思っていた御舟の「炎舞」は、別室の中央に展示してあった。部屋全体を暗くしたスポットライトのみの照明は、すべて「炎舞」を効果的に見せるための演出であった。

「炎舞」は大正十四年の夏、御舟が軽井沢で過ごした折に描かれたものである。御舟は毎晩のように焚火をし、炎に群がり集まる蛾に見入ったという。「昆虫写生図巻」には、蛾の精緻な写生画が数多く残されている。写実を究めていった御舟は、更にその先に、神秘的で幻想的な世界を求めていった。その代表作が「炎舞」である。

私は絹地に描かれた縦長の絵を下から上に順次眺めていった。不動明王の光背のように様式化された炎は、闇に向かって太く燃え上り、細くなった炎の先端からは煙が渦巻いて立ちのぼっていた。その炎と煙を取り巻くように、九匹の蛾が輪舞している。

蛾は白・青・斑と交じり、炎に酔って舞う姿が如実に描かれている。煙の中に見える火の粉の塊は、ぼかされているのでよく分からないが、燃えている蛾の炎であろうか。

私は最後に、御舟が最も苦心したという闇の色を丹念に目で追った。炎が燃えさかる闇のあたりは赤味を帯び、炎が細まり煙となってゆくあたりから闇は漸次黒さを増してゆく。近づいて闇の色をよく見ると、赤・青・緑・紫……それらすべての色を含んだ黒であった。御舟は闇の色について、「もう一度描けと言われても二度と出せない色」と述懐しているが、作者の執念が伝わってくる言葉だ。

絵は、炎の周りを楽しげに舞い、やがて火に焼かれるであろう蛾の命と、命そのものの象徴である炎を、深い闇と沈黙が包み込んでいる。炎と蛾と闇の三つしか描かれていないが、私には自然における命そのものが感じられた。

襲名披露

七月大歌舞伎(平成二十四年)は新橋演舞場で興行され、二代目市川猿翁、四代目市川猿之助、九代目市川中車の襲名披露があった。昼の部は先代猿之助演出のスーパー歌舞伎「ヤマトタケル」で、夜の部は真山青果の「将軍江戸を去る」と舞踊劇「黒塚」そして「山門」(楼門五三桐)であった。

私が見たのは夜の部で、併せて襲名披露の口上があった。

一幕目の「将軍江戸を去る」は、鳥羽伏見の戦いのあと、上野寛永寺に謹慎していた徳川慶喜が、主戦論者の言葉に乗って恭順を翻そうとした時、幕臣山岡鉄太郎が必死に説得して、慶喜が江戸城明渡しを決意、江戸を去ってゆくという粗筋である。慶喜役の團十郎は粛々と演じ、鉄太郎役の中車は情熱をもって演じた。中車は、初めての歌舞伎の舞台を全身全霊をもって演じていたが、まだ俳優香川照之を脱していなかった。それは、演技の型や台詞の言い回しに感じられた。歌舞伎役者が子役の時から歌舞伎の型を身につけてきたのと違って、中車の場合は歌舞伎界に入ってからの経歴が浅い。そこに、これからの中車の苦労があると思った。

歌舞伎は型の演劇である。その型を身につけないと自由に表現することができない。俳句も然り。中車の演技を見ながら、私は型が持つ力について考えていた。

二幕目では、襲名した猿之助、中車が、恭しく口上を述べたが、私は猿之助のエピソードを紹介した海老蔵の口上が印象に残った。それはこういう話である。

歌舞伎のパリ興行の舞台がはねたあと、猿之助は海老蔵に「ライオンキング」を見にゆこうと誘った。海老蔵は既に見ているのであまり気乗りがしなかったが、誘われるがままに同道した。猿之助は「ライオンキング」を見るのは二十三回目であったが、初めて見るように食い入る目付きで見つめていた、と。この話を聞いた時も、私は俳句に重ねて考えていた。我々は毎年、同じ桜の花を見ているが、初めて見るように見つめているだろうか。初めて見る花であるがゆえに、感動があり、新しい発見があり、新しい句が生れてくるのである。

「黒塚」は能の「黒塚」(安達原)を舞踊劇にした作品で、鬼女岩手が仏の教えに喜んで童女のように踊る前半と、裏切られたことを知って怒りに燃えて踊る後半との対照が見所である。猿之助は双方を踊り分け、舞踊においても優れた役者であることを示した。

最後の「山門」では、南禅寺山門で海老蔵演じる石川五右衛門と猿翁演じる巡礼の久吉が対峙《たいじ》。猿翁は黒衣《くろこ》に支えられて二、三の台詞を述べ、一門の若手が総力でこれを支えた。幕が下りたあと、アンコールがあって出演者が再登場し、礼をした時、猿翁を支えていた黒衣がついと前に出て、頭巾を取った。中車であった。私は、父と子の絆に胸が熱くなるのを覚えた。

今日庵

或る日、校長に呼ばれて校長室に入ると、こんど茶道部ができるに当たって、あなたに副部長になってほしいと言われた。私は茶道の心得が全くないので、その理由を聞いてみると、「なんとなくあなたが向いているように思った」と、答えが返ってきた。

当時、私は、馬術部と文芸部の二つの部長を引き受けていたので断りたかったのだが、夏の研修旅行についていってくれるだけでよいからと説得されて、引き受けることになった。

その年(平成六年)の創部第一回の研修旅行は、今日庵をはじめとする京都の茶室と寺院を巡る旅であった。初日は大徳寺や曼珠院の茶室を見学して、裏千家の茶道研修会館に泊り、翌朝揃って今日庵を訪問した。京都の残暑は厳しく、早朝だというのに、少し歩いても汗がしたたり落ちた。しかし、檜皮葺の兜門をくぐり、打水のしてある石畳を踏んでゆくうちに、心はしだいに清涼感に包まれていった。

高弟の方が各茶室や御祖堂、梅の井などを案内してくれたあと、咄々斎の茶席で登三子夫人がお点前をしてくださった。最初の予定では、鵬雲斎家元自らお点前をしてくださることになっていたが、宮家の不幸があって急遽上京され、夫人が代りにお点前してくださることになったのである。

偶々京都を訪ねていた校長が正客、私が次客、次に生徒五人、詰《つめ》に部長の先生の順で席に着いた。校長も私も生徒も初心者という気楽さがあったが、終始緊張が解けなかったのは裏千家の準教授の資格を持つ部長の先生ではなかったかと思う。登三子夫人は我々全員が飲み終ると、又新《ゆうしん》の立礼席に場所を替え、女学校時代の思い出などを懐かしく話された。

水打てる底紅木槿活けくれし
ギヤマンの涼しかりける点前かな
奈良団扇すすめつ昔語りかな

私にとって初めての裏千家訪問であったが、茶道の心が少し分かった気持になったのは、今日庵を見学し、登三子夫人のおもてなしを受けたからである。

今日庵は、利休の孫の宗旦が隠居所として設けた一畳台目の簡素を極めた茶室である。そこでは一切の装飾を排し、主客が一対一で心を通わせ合う空間が造られていた。

登三子夫人は、客が中学生であってもお点前をゆるがせにせず、中学生であるがゆえに正座を短く切り上げて立礼席へと席を移された。そこに共通するのは、心を大切にするということであった。

玄関まで見送られた夫人は、全員に扇子と袱紗と漫画の「茶会入門」をくださった。

その扇子に書かれている利休の道歌一首。

茶の湯とはただ湯をわかし茶をたてて呑むばかりなる事と知るべし

私はこの教えを固く守って、毎朝、一碗の抹茶を頂いている。

川施餓鬼

妻方の菩提寺は、隅田川に近い浅草の橋場にある。或る時、法事が済んで墓所でお水と花を供えていた時、墓碑銘に目をやると、祖父母や叔母たちの没年が「昭和二十年三月十日」と同一《どういつ》日で記されてあるのに気づいて不思議な戦慄を覚えた記憶がある。周りを眺めると、同じ日に亡くなった人たちの墓碑が幾つもあった。

終戦の年の三月十日未明、アメリカ軍のB29爆撃機約三百機は、深川や浅草を中心とする東京下町を二時間半にわたって爆撃し、多量の焼夷弾を落とした。このため辺り一帯は火の海と化し、十万人近い人々が亡くなっている。火に追われて隅田川に飛び込み、水面を走ってくる炎のために息ができず亡くなった人々も多い。

大正十二年の関東大震災の時にも、この辺りは大きな被害を蒙《こうむ》った。震災や空襲などで同時に多くの人々が亡くなった時、その没年が同じなのは当然のことなのだが、並んでいる墓碑銘の死亡日が同じなのを目の当たりにすると、只事ではない感じを受ける。

櫛比《しっぴ》なす墓碑銘「三月十日歿」

深川では毎年お盆の時期に、関東大震災と東京大空襲で亡くなった人々を供養する川施餓鬼が営まれる。隅田川に流れ入る小名木川に架かる高橋の袂に施餓鬼棚が設けられ、その前で十数人の僧侶が棚経を上げる。この日ばかりは、深川じゅうの寺院の僧が宗派に関わりなく参加し、川岸や船上での読経、灯籠の受付などに奉仕する。

まず、小名木川の数か所に「三界万霊」と書かれた大灯籠が浮べられ、桟橋には僧や檀家が乗るための施餓鬼船が用意される。岸では灯籠を受付けるテントが張られて、近隣の人々が次々と申し込みに訪れる。

やがて、西瓜や野菜を山と供えた施餓鬼棚の前で、導師を中央に僧侶が居並び、読経が始まる。桟橋からは、僧と信徒、灯籠を乗せた船が次々と川中へ出てゆき、信徒の手で一つ一つの灯籠が川面に置かれる。灯籠は先をゆく灯籠を追うように帯状に流れ、やがて、三々五々散らばってゆく。橋の袂と川岸、船上での経が唱和する中、灯籠は川幅を埋め尽くしながら、ゆっくり大川に向かって流れはじめる。

船は流灯の合間を縫って進み、船上の人々は鉦や太鼓を打ちながら「南無阿弥陀仏」「南無妙法蓮華経」と高らかに念誦する。

最後の灯籠が、揺らめきながら両岸の家々の灯を抜けて闇に消えてゆくと、船上の人々の口から「然《さ》らばさらば」の言葉が掛けられる。

それは、祖霊との一年ぶりの再会を喜び、一年間の別れを惜しむ、衷心から発せられた言葉なのだ。

地蔵盆

八月は、正月と並んで日本人にとって大きな行事がある。盆の祭である。正月の祭が、年神さまを迎えて豊作と幸せを願う生者のための祭であるのに対して、盆の祭は、祖霊を迎えて冥福を祈る死者のための祭である。この二つが、日本人にとって、一年間の最も大きな祭であることは素晴しいことだと思う。盆が一段落すると、地蔵盆がやってくる。地蔵盆は、子供たちのための行事である。

私が初めて地蔵盆に接したのは、小学生の頃である。当時、毎年夏休みになると、父の実家のある滋賀県の醒井《さめがい》で過ごすのが習わしであった。その年は、養鱒場近くにある叔母の家に泊めてもらった。叔母の家のすぐ近くに山寺があり、ここの境内にはよく蟬捕りに出かけた。喧《やかま》しいほどの蟬声の中で、土地の子供たちが本堂の広縁に集まって何かしていた。近づいてみると、それぞれが作った灯籠に絵を描いているのだ。絵は、ハギであったり、キキョウであったり、ナスやキュウリであったり、お地蔵さまの姿であったりした。一方、別の子供たちは、堂縁の下で火を焚いて、カンカラの中で何か溶かしていた。

それは、家々を回って集めてきた禿《ち》びたロウソクであった。溶けたロウソクは、切った青竹の節に流し込み、冷えてから取り出すと、立派なロウソクに蘇った。これを、灯籠の明りに使うのである。

私は地蔵盆が行われる日を待たずに帰京したので、当日の情景を見ることはできなかったが、子供たちが楽しそうに盆の準備に勤《いそ》しんでいる姿が目に焼き付いている。

その後、地蔵盆を見たのは、平成十五年に宇津ノ谷の地蔵盆を見に行った時である。宇津ノ谷は、東海道五十三次の丸子宿と岡部宿の間にあり、在原業平の歌物語と十団子《とおだんご》で有名な所である。そこの慶龍寺境内で催される地蔵盆は、村の人たちによって長く守り継がれてきた歴史があり、素朴で趣があった。

境内の入口にある水屋では、盆の期間中、子供たちが詰めて参詣人に線香と供華の榊を売っている。「手洗水はこちらでございい、清めてご参詣、花と線香で二百円です」と、独特な節回しで呼びかける声が何とも可愛らしい。

偶々、私の帽子にトンボが止まっていたのを一人の子供が見つけて指さし、それが話のきっかけになった。何をしに来たのかというので、俳句を作りに来たというと、自分たちも学校で俳句を勉強しているといい、いつの間にか子供たちの輪ができて、俳句談義に花が咲いた。

私は、今時珍しい素朴で純真な子供たちに出会った喜びで、帰ったら私の俳句入門書を送る約束をして別れた。帰宅後、子供たちと先生、図書室用に十冊ほどを送った。一番年嵩の子供から、短いが心の籠った礼状が送られてきた。この子らのうち幾人かが、いつの日か俳句に関心を持ち、俳句を作ってくれたらと願っている。

蓑虫

蓑虫が秋の季語に定まったのは江戸時代になってからである。それも初めの頃は、秋と雑の両方の扱いであった。松永貞徳の『御傘《ごさん》』では、「雑なり。鳴くとすれば、秋なり」とあり、「蓑虫鳴く」で初めて正式な秋の季語とみなされていたようだ。

蓑虫が秋の季語となるには、清少納言の『枕草子』四十三段の影響が大きい。虫に言及したこの段で、蓑虫は哀れな虫として描かれている。鬼が生んだ子なので心も恐ろしいであろうと、親が粗末な衣服を被《かぶ》せて「秋風が吹く頃になったら戻ってくる。それまで待っていよ」と言って逃げ去る。何も知らない蓑虫は、秋風が吹きはじめると「ちちよ、ちちよ」とはかなげに鳴いたという。これは多分、当時の民間伝承を伝えたものであろう。

蓑虫を哀れなイメージから閑寂なイメージへと変えたのは、芭蕉の句であった。

　　蓑虫の音《ね》を聞きに来よ草の庵

深川芭蕉庵での作で、親交のあった山口素堂他に贈った句である。前書きに「聴閑」とあるので、蓑虫の声が聞こえるような閑寂な住まいが芭蕉の理想であったのだろう。

貞享五年に服部土芳が新しい庵を結んだ時、伊賀上野に滞在していた芭蕉は、面壁の達磨図に蓑虫の句を賛して贈った。新しい庵が閑静で、風雅に浸れることを願ってのことであった。土芳はたいそう喜んで、新庵を蓑虫庵と名づけた。

十五年ほど前、私が下総国分寺裏から弘法寺下に引っ越してきた時、狭い庭の北側に沿って南天を植えた。南天は土壌が合ったせいかすくすくと伸びて、二、三年後には二メートルを越す高さになった。そして、ふと見上げると、梢近くに蓑虫が数匹ぶら下がっているではないか。やっと蓑虫が住み付くような家になったと喜んでいると、その翌年、下枝の葉に五ミリほどの蓑蛾の子がわんさと付いた。これには驚いた。二十本ほどの南天の木が蓑虫に食べられて丸坊主になりかねない。すぐに退治にかかったが、小さい上に葉に紛れているので探すのに苦労し、全部駆除するのに丸二日もかかった。可哀相だが仕方がなかった。そのままにしておいたら南天の木は全滅してしまっただろう。

その時調べて分かったのだが、蓑蛾の幼虫は蓑の中で育ち、やがて雄は蛾となって飛びたって、雌を探して交尾する。羽のない雌は、蓑の中で産卵して果てるのだという。

蓑虫が南天の木に大発生したのは、南天の細かな葉や茎が食餌に向いていただけでなく、蓑を作るのにも適していたからである。

蓑 虫 の 恋 す る と き は 蓑 を 出 づ
蓑 虫 の 蓑 に も 意 匠 あ り に け り

蓑虫は一、二匹が枝にぶら下がって侘しげに風に吹かれているのがよい。それが、蓑虫の本情というものであろう。

ひぐらし

私はいま江戸川に沿った丘陵地帯の一画にある弘法寺の真下に住んでいる。この辺は木々が多いので、市が緑地帯として保護している。夏になると、弘法寺の森から蟬の声が聞こえてくる。最初に鳴き出すのがひぐらしで、梅雨の明ける頃の夜明け前、カナカナカナと三行《くだり》ほど鳴き続けて止む。耳を澄まさないと聞こえないほどの幽かな声だ。その声が次第にハッキリして数が増してくると、今度はみんみん蟬と油蟬の声が加わり一気に喧しくなる。そして、秋になると、法師蟬が鳴き出して、子供たちに夏休みの終りが近づいたことを告げるのだ。にいにい蟬はほとんど鳴かない。

先日、やはり梅雨の明ける頃に秩父の三峯神社を訪ねたら、ひぐらしが鳴いていた。杉林の斜面から溢れ出るような蟬時雨で、はじめは松蟬かと思ったが、耳を澄ましてよく聞くと、ひぐらしの大合唱であった。同じ経験を法師温泉でもしたことがある。

ひぐらしは文字どおり日暮れの頃に鳴くことが多いが、夜明けの頃も、昼間も鳴く。熊野の山中を昼間歩いていた時、木立の梢・幹・根元のあらゆる高さからひぐらしの声が湧き起こって、飛び交う杼《ひ》の中にいるようであった。

ひぐらしは、他の喧しい蟬の合間を縫って、日差しの薄い時分に鳴くようである。静寂の中で鳴くひぐらしの淋しげな声は、一層際立って聞こえる。

蟬の鳴き声を表すのに昔の人は「蟬の滝」「蟬の経」「蟬の時雨」「蟬の

琴」などの比喩を用いた。「蟬の滝」は、みんみん蟬や油蟬などが群をなして鳴く声であろう。「蟬の経」や「蟬の時雨」は、強弱の差はあるがどの蟬の声にも当てはまる。「蟬の琴」は、ひぐらしの鳴き声がピッタリであろう。

ひぐらしの句で思い出すのは、次の句である。

かなくのかなくとなく夕かな　敏郎

カナカナと仮名の金声透りけり　風生

敏郎の句は「かな」が五回繰り返されて、ひぐらしの声がいつまでも聞こえてくるようだ。特に、下五の切字「かな」が効いている。風生の句では、「金声」の表現が見事である。ひぐらしの声は、まさに金属的な美声と言えるだろう。

歌舞伎の「修善寺物語」の中で、面作りの名人夜叉王が源頼家の面を打つ場面がある。ひぐらしの声に鳴き包まれた仕事場で、夜叉王は面作りに励むが、何度打っても面に死相が表れる。その夜、頼家は、北条方の追手のために命を落とすのだ。ひぐらしの鳴き声が悲運の主人公の最期を暗示して、心に沁みるものがあった。

ひぐらしの鳴き声は言いさすように切れて、切ない余韻を残す。それは、秋の別れのようである。

べったら市

十月の十九、二十日の両日、東京日本橋の大伝馬町(現在・本町)で開かれるべったら市は、東京に立つ市の中でも趣のあるものの一つである。

べったら市は本来は夷講で、講に必要な魚や野菜、日用品を売っていたことに始まるが、その一つの浅漬大根(べったら漬)が有名になって、市の名前になった。現在は本町にある宝田恵比寿神社前の通りが市《いち》の中央通りで、それを縦横に挟むように露店や商店が立ち並ぶ。

慶長年間、宝田村(現皇居内)にあった宝田恵比寿神社は、江戸城の拡張に伴って村民とともにこの地に移された。人々は金銀為替、駅伝、水陸運輸の仕事に精を出し、御神体を奉安した馬込勘解由は三伝馬取締役に出世して、大伝馬町の町名を賜った。江戸時代、この辺りは縦横に掘割が通じ、数多くの川舟が往来していた。それは、現在も残る小舟町・小網町・堀留町・蛎殻町といった町名からも察することができる。

私の生家は、べったら市が開かれる本町の隣、小舟町にあった。市が立つと、そのはずれの灯が通りにこぼれて、家の前からも眺められた。

私が子供時代を過ごした昭和二十年代は、日本橋のあちこちに空地があり、草が茫々と生い茂っていた。そこが、私たちにとっては格好の遊び場で、トンボやセミを捕まえたり、メンコやベイゴマに興じたりした。夏の夕べ、通りで兄と縁台将棋を指していると、隅田川から飛来したコウモリが覗き込むように暗い空に翻った。そんな戦後の生活の中で、年一回巡ってくるべったら市は、子供心にも待ち遠しいものであった。

今は十月下旬といっても結構、暖かいが、その当時は寒風が吹きすさび、まさに冬近しの感があった。現在は夜店に明々と裸電球が点って眩しいくらいだが、その頃はアセチレン灯で、闇も深かった。私にとってのべったら市の印象は、寒さと、アセチレン灯の鼻を突く臭いと、深い闇とである。それでも、日常を離れた明りの迷路の世界は、子供の夢を掻き立てるのに十分であった。

夜店には、射的や山吹鉄砲や金魚掬《すく》いやアンズ飴といった子供心をそそる店が多かったが、中でも、辻に陣取った陶器やバナナの叩き売りの口上が楽しかった。映画から抜け出た寅さんのようなテキヤが、巧みな口上で人を集めては、弾けるような啖呵で人々に品物を売っていた。その名調子に、うっとりと耳を傾けたものである。

麹いろの雨が降るなりべったら市
べったら市に逢うて別れて秋深む

べったら市では、小学校時代の同級生にバッタリ出くわし、暫く立話に耽ることがある。生家の無くなったいま、べったら市の灯は、私にとってふるさとの灯でもある。

俳句と諺——復誦される力

俳句のいちばんの特徴は詩型の短さにある。短さをいかに生かすかが俳句の最重要課題と言っていいだろう。それを考える際に、諺《ことわざ》が役に立つ。諺は俳句と違って知恵を表すものだが、短さという点で共通しているからだ。短い言葉の中で人生の深い知恵をいかに表現するか、それは、同じように、短い言葉で美や真実を表現する俳句と共通している。

まず、諺の内容を見てゆくと、人々が生きてゆくのに必要な知恵のエッセンスが凝縮されている。次に、表現を見てゆくと、身近な言葉を用いて、具体的に、口誦しやすく、述べてある。

諺のほとんどが作者不明にもかかわらず、長く人々に伝承されてゆくのは、内容もさることながら、表現に負うところが大きいと思う。

鮮やかなイメージを、身近な言葉で調べにのせて表現していることが、多くの人々に愛誦される理由であろう。

俳句も含めて詩歌の本質は〝うた〟にあると私は思っている。多くの人々に愛誦されてこそ、詩歌は意味を持つ。諺が多くの人々に人生の知恵を教えてくれたように、俳句は、磨き抜かれた日本語で美を表現し、人々の心に潤いと豊かさを与えられたらと思う。

作家の開高健は、「作品の中の一行、一句が読者に残るのが名作である」と述べた。『戦争と平和』とか『カラマーゾフの兄弟』とか『夜明け前』といった長編小説を繰返し読む読者は少ないであろう。読後に残るのは、印象的な幾つかの場面と言葉だけである。小説や詩の中で読者の心に深く刻まれる一齣一齣を句に詠い上げ、それが時代を超えて多くの人々に愛誦されるなら、俳句は長編の小説や詩に匹敵しうるであろう。繰返し復誦されることが、短詩の力である。

ここで、江戸時代に成立し、既に百五十年以上もの歴史をもつ「いろはカルタ」の中から幾つかの諺を引いてみよう。

「塵も積もれば山となる」「老いては子に従え」「旅は道連れ世は情け」「楽あれば苦あり」「喉元過ぎれば熱さを忘れる」

どれも、なるほどと納得する。そして、すらすらと頭の中に蘇ってくる。込められている意味は深いが、表現は至って平明である。

同じ「いろはカルタ」の中の諺でも、「葦の髄から天井のぞく」や「針の孔から天のぞく」などは、葦や針を使うことが少なくなった現在、あまり用いられなくなった。今でも変わらず使われているのが「井の中の蛙大海を知らず」である。時代とともに忘れ去られてゆく諺もあれば、長く伝承されてゆく諺もある。俳句にも同じことが言えるだろう。

俳句と茶

私は俳句という文芸と茶の世界はよく似ていると思っている。一言でいえば、小さな空間を生かすことにあると思う。

フルコースの料理はお腹を満たしてはくれるが、何か物足りない。それは、料理はお腹に詰め込むことが専らだからだ。お腹を空にすることも大切である。その役目をしてくれるのが、料理の最後に出される一碗のお茶であろう。お茶を添えることで料理は完結する。

文学の世界でいえば、フルコースの料理は小説であり、一碗のお茶に当たるのが俳句であろう。人生や社会を仔細に描き切った小説は読みごたえがあり、読み終えたあとに大きな感動が残る。五七五の俳句は、一瞬のうちに読者の心を攫《さら》って、時空の中に解き放つ。

俳句も茶も小さな器であるがゆえに、それを生かす道を考えてきたと思う。

茶道では百人近くが集まる大茶会があり、俳句では百人以上が集まる大句会がある。しかし基本は、茶道は四畳半に数人が集まる茶会であり、俳句は小座敷に数人が集まって開く句会であった。

俳句の原型である連歌の座においては、時分や眺望を選んで同好の士が集まり、静かに心を澄まして詠むべきだと記されている。また、一緒に作る仲間は、老若、貴賤の隔たりなく平等で、従兄弟ほどに親しいものであるとも記されている。これは、躙口《にじりぐち》を入ったら会衆は皆平等で、和敬清寂を尊ぶという茶の精神に通じるものであろう。

俳句も茶も、自然と四季を取り入れることによってその世界に無限の広がりと変化をもたらしてきた。俳句でいえばそれは季語に当り、茶の世界で言えば、茶室の花や軸、茶器の趣向に当たるであろう。

四畳半という狭い空間を生かす方法を茶人はよく知っていた。大広間なら様々な調度を置くことができるだろうが、小間でそれをしたらただ空間を狭めるだけである。逆に、不必要なものを一切省くことによって、小さな空間に無限の広がりを造り出すことができるのだ。使用する茶器の他は一切の室内の装飾品を省き、心を刺激するわずかな掛け軸や生花・香盒・短檠《たんけい》などにとどめることによって、茶室に集まった人々は心の空間を得ることができるのである。

俳句も同じと言えよう。十七音という短い詩型にあれもこれも盛り込んだら、却って窮屈な空間になってしまう。茶室と同じように、不必要なものは一切省いて、詩情をもたらすもののみを残すのだ。こうすることで、読者の心に無限の時空が生れるのである。

茶人が選び抜いた茶葉で心を込めて点てた一碗の茶を、客は賞味して頂くように、俳人が選び抜いた季語と言葉で詠い上げた一句を、読者は精読して味わうのである。

俳句と写真

新春座談会に出席して下さった芳賀日出男先生から作品展のご案内を頂いたので、早速、会場になっている日本カメラ博物館のサロンに足を運んだ。

今回の作品展は、奄美諸島が米軍の占領から返還された直後、昭和三十年から三十二年にかけて、日本民俗学会の一員として調査に当たられた時の写真展である。

調査は、日本の基層文化と南方文化の関係を明らかにするのが目的で、芳賀先生は三年間に一八二日間、奄美本島、徳之島、沖永良部島、与論島、喜界島に滞在されて、島の自然や民俗を撮影された。その数一万余点の中からの精選された写真展である。

私は一つ一つの写真を見て回りながら、戦後の貧しかった日本を思い返し、更に、日本人の生活、文化、宗教の根源へと思いを遡らせていった。

中でも、私が長く足を止めて見入った作品が三点ある。

一つは、収穫感謝の儀礼を写した一枚で、三方に載せた稲穂の傍らで、夫が妻へ収穫した米の一粒を手渡している写真である。写真に写し出されているのは、親指と人差指で一粒の米をつまんで渡そうとする夫の手と、それを受けようとしている妻の両手だけである。

その手はどちらも日焼けして、皺が深い。一年間骨身惜しまず働いて収穫した米に対する感謝の気持と夫婦が互いに協力し合ったことへの労《ねぎら》いの気持が、その手の表情からうかがわれて、心を打たれた。

　もう一つは、成年式(十三祝)を迎えた少女の写真である。奄美では、数えで十三歳を迎えた少女が正月に成女式の祝いをする。家族や親族が集まって、社会的に一人前になった少女を祝い、少女はその礼として集まった人々に三献の酒をささげて、舞を舞う。盛装して正面の座に座った少女は、口を一文字に結んで、大きな澄んだ目をまっすぐカメラに向けている。大人になったという自覚が全身に漲って、凜とした表情が美しかった。

　三つ目は、洗骨した祖先の頭蓋骨の写真である。奄美では、三回忌、七回忌といった主だった年忌に、祖先の骨を墓から掘り出して洗い、改葬する習わしがある。丁寧に洗われて幾重にも真綿で包まれた頭蓋骨は肉がついたようで、人々は生前の面差しが蘇ったと涙をこぼすのだ。生も死もなく、ただ命の継続があるばかりというその死生観に心を打たれた。

　写真家は決定的な瞬間を捉えるために、時を待ち、時を逃さず、同じ対象を何十枚も撮り続ける。俳句はその点、眼前に景がなくても言葉で表現できるが、的確な言葉を見つけるまで探し続け、調べを整えて、一つの作品を生み出す。その点が似ていると思った。

俳句と民芸

俳句を表す言葉に、芸術・文学・文芸・詩といった言い方があるが、私は最もふさわしいのは文芸ではないかと思っている。文芸が、民衆に最も近い感じを与えるからだ。

同様のことが民芸にも言える。博物館や美術館のガラスケースの中に展示される芸術作品と違い、民芸の品々は我々の日々の生活の中で使われているものだ。それは、陶磁器であったり、木工であったり、金工であったり、着物であったり、和紙であったり、その他身近な日用品であったりする。そして、それらの中には、実用的であるとともに美しい作品が多いのだ。日常使う品々の美しさが、一国の文化の高さを表していると言っても過言ではなかろう。日本の職人や工匠は、高い技術と美意識をもって、優れた日用品を数多く作り出してきた。人々はそれらの美しい作品に取り囲まれて、心豊かな生活を享受することができたのである。

日本の民芸運動の先駆者であった柳宗悦《やなぎむねよし》は、無名の職人や工匠の作品の中に、有名な芸術家が作る以上の優れた作品があることを指摘している。なぜ、そのようなことが起こるのか。宗悦は、陶工を例に挙げて次のように説明している。

陶工は、何回も何回も繰り返し轆轤を回して陶土を成形する。限りない反復の中で、己を離れる瞬間があり、その時に、自己を超えた優れた作品が生れるというのである。それは、念仏宗が念仏を唱えて己を捨て、阿弥陀仏の力を得るのに似ている、と。

俳句もまた似たところがあると私は思っている。

有名な俳人だけが名句を詠めるのではない。無名の俳人もまた名句を詠めるところに、民衆の文芸である俳句の特質があると思う。何十年も俳句を詠み続けてきた人は、自然や己を詠んだ句を、何百何千と詠んできたことであろう。同じ草花も、繰返し句に詠んできたに違いない。そして、或る時、無心に詠み下した句が、名句として誕生するのである。それは俳句の神様の恩寵と言っていいかも知れない。

芭蕉は「一世のうち秀逸の句三、五あらんは作者なり、十句に及ばん人は名人なり」と言ったが、名句（秀逸の句）を詠むのはそれほどに難しいのだ。が、長年にわたって俳句を詠み続けてきた無名の作家が、名句を生み出し得るのもまた事実である。

俳諧が生れた当初は連歌が隆盛の時代であったが、これらは貴族や僧侶、武士といった一部のエリート階級のものであった。これに対して、民衆の文芸として生れてきたのが俳諧（俳句）であった。それだけに、俳諧は、砕けた内容で、一般民衆の日々の生活に密着していた。当時は、短歌や連歌よりも下級のものと位置づけられていた俳句が、今やそれらと肩を並べ、凌ぐ勢いを示している。それだけ俳句が民衆から愛されてきたということであろう。

誤解

句の解釈をする時、その人の創作意図と異なっていると、私はこのような情景を見て、このようなつもりで句を詠んだと、むきになって反駁する人がいる。しかし、その解釈が見当違いでないならば、黙って耳を傾けていたほうがいいのである。

室町時代の連歌師宗祇に、

世にふるも更に時雨のやどりかな

の句がある。この句は二条院讃岐の「世にふるは苦しきものを槙の屋にやすくも過ぐる初時雨かな」を本歌にしているが、宗祇の句では、世を過ごすことさえ苦しいのに、更に時雨が降れば雨宿りをする、人生とはそんな束の間の儚い宿りである——となり、人生的な沈潜した作品になっている。

宗祇は人生の儚さを時雨の宿りにたとえて表現しているが、私は、時雨の宿りは現実の体験だけに留め、比喩にしないほうがよいと思っている。そう解釈したほうが、応仁の乱を逃れて漂泊を続ける五十に垂《なんな》んとする旅人宗祇の姿が浮び、しみじみと哀れが伝わってくるのである。少なくともその解釈によって、私はこの句を愛誦句にしている。

加藤楸邨の代表句、

落葉松はいつめざめても雪降りをり

を、私は長い間、「降りやまぬ雪の中で、落葉松が目を覚ますと、いつも周囲には雪が降っていた」と解釈してきた。「めざめて」の主語は落葉松だと思い込んでいたのである。しかし、この句の正しい解釈は、「旅の宿に泊って病後の身を庇いながらうとうとしていると、目が覚めるたびに、窓の外の落葉松には雪が降っていた」であって、「めざめて」の主語は作者なのである。この正しい解釈を知ってからも、私には、最初の思い込みの解釈のほうがいいように思えてならない。落葉松を主語と解すると、一句はメルヘンティックになり、作者と落葉松の一体感がより出てくると思うからだ。

私の句、

　くちづけしままはなびらのながれゆく

は、二枚の花びらが、その凹んだところを合わせるようにして水面を流れてゆくさまを詠んだものだが、ある評者は、「一枚の花びらが水と口づけするようにして流れていった」と解釈した。私は、そのような解釈も可能なのだと知り、私の句の世界が広がったように感じた。

句の解釈は、その作者の創作意図と一致していなくても、間違いでなければ誤解とは言えないのだ。作品は生み出された瞬間から、作者の手を離れて、独り歩きするものである。

蕎麦

十月に入ると蕎麦屋の店先に「新蕎麦」の貼り紙が目に付くようになる。蕎麦は春蒔きの夏蕎麦と夏蒔きの秋蕎麦があるので、夏に収穫のものも新蕎麦と呼んでよさそうなものだが、秋収穫のものを新蕎麦と呼んでいる。

以前、東京に、蕎話会《きょうわ》という会があった。東京の老舗の蕎麦屋が毎月交替で店自慢の献立をととのえ、蕎麦好きの会員が集まっては試食しつつ閑談する会であった。私もその会員になって、二年近く都内の老舗の蕎麦の味を楽しんだ。今覚えているものに、神田神保町にあった「一茶庵」という店で出してくれた蒸した蕎麦の実がある。「ソバ」の語源ともなった稜《かど》ばった実がそのまま蒸して碗に盛ってあるだけだが、素朴な味わいがあった。大陸から渡ってきた蕎麦を、上代の人々はこうして食したのであろう。

私は仕事で外出する時、昼食は蕎麦屋ですますことが多い。浅草へ行けば「並木の藪」か「蕎上人《そば》」に寄り、上野に行けば池之端の「蓮玉庵《れんぎょくあん》」に寄る。だらだら祭を吟行する時は大門の「更科布屋」に寄り、白金台の自然教育園へ吟行の時は「利庵《としあん》」に寄る。

「並木の藪」は去年ビルに建て替えたが、店の表と中は以前と全く同じである。そこに、老舗の自負が窺われる。ここでお銚子をたのむと、つまみにビー玉ほどの蕎麦味噌が付いてくる。口に運ぶと、炒った蕎麦の実と固練りの味噌の塩梅がほどよく、酒のつまみには絶品である。

「蕎上人」はあまり知られていないが、蕎麦の味は「並木の藪」以上であろう。

店主が凝り性で、趣味のようにやっている店といった感じである。この店を教えてくれたのは、「評判堂」の女将さんであった冨士英子さんである。冨士さんは、浅草のことなら何一つ知らないことのない人であった。

池之端の「蓮玉庵」は久保田万太郎が贔屓《ひいき》の店で、入り口に万太郎の〈蓮枯れたりかくててんぷら蕎麦の味〉の句が掲げてある。しかし、これより見事なのは、店内の壁に掛かっている川柳作家、阪井久良伎《くらき》筆の宗因の句〈やがて見よ棒くらはせん蕎麦の花〉である。この堂々たる大額と店主が集めた蕎麦猪口を眺めながら、もり蕎麦と鴨のつくねを食べるのが楽しみだ。

こういうと、どこへ行っても蕎麦を食べているようだが、決してそうではない。東京では蕎麦を食べるが、関西では専らうどんを食べる。関西のうどんはどれも美味《おい》しいし、汁《つゆ》もよい。関西にも蕎麦の美味い店があるのだろうが、汁を考えるとどうも気が進まない。関東の辛めの汁に慣れた舌には、関西の甘い汁は合わないのである。蕎麦通の一人が、「蕎麦は亭主、蕎麦汁は女房」と言ったが、まさに至言であろう。

杖

都内のデパートで「C・チャップリン&愉快なステッキ展」が開かれていると聞いて、出掛けていった。杖が必要で、関心があったからではない。偶々ステッキ展の紹介をしていたアナウンサーが、変わった仕込杖の話をしていたからである。バイオリンや絵の具などを仕込んだ杖があると聞いて、心惹かれたのだ。

仕込杖といえば、座頭市が携えて敵をバッタバッタと切り倒すものや正岡子規が護身用に持っていたものなど、刀を仕込んだ大和杖しか思い浮ばなかった私に、バイオリンや絵の具を仕込んだ杖は、夢のような話であった。あんな細身の杖の中にどうやってバイオリンを収めるのだろうかと、興味津々で出掛けてゆくと、展覧会はすでに二日前に終っていた。がっかりしている私を見て、主催したステッキの老舗の店員が、店にあるものだけでも見せてあげましょうと、幾本かの仕込杖を持ってきて中身を見せてくれた。

ウィスキー入れを仕込んだ杖は、中を空洞にして、長いチューブのような容器が収めてあった。これにウィスキーやワインを入れて持ち歩くのだ。骰子《さいころ》を仕込んだ杖は、握りを抜くと、小さな骰子が五つ転がり出た。これで、ダイスを楽しむのである。

また、絵の具を仕込んだ杖は、取っ手のキャップを抜くと杖が左右に分かれ、片側が絵の具入れ、片側がパレットになった。その他、パイプや望遠鏡、コルクの栓抜きを仕込んだものもあるという。

私がいちばん見たかったバイオリンを仕込んだ杖は店内になく、想像するしかなかった。きっと、小人が弾くような可愛いバイオリンと弓が収めてあるのだろう。

こうした仕込杖の注文主たちは、バイオリンや絵筆やダイスや酒が、ふだん欠かせない好き者なのであろう。それに応えて、職人たちは腕を揮い巧みを凝らしたに違いない。仕込杖の中に夢を持ち込んだヨーロッパの文化に、改めて敬意を表したいと思う。

店内には、他にも、握りに鹿や水牛の角を使ったものや、黒檀・桜・樫などの銘木を使ったもの、銀の装飾を施したものなど、和洋様々な杖が並べてあった。現代的な杖としては、軽いカーボン製のものや、折畳み式のもの、サイケデリックな色彩のものなどがあった。昔の〝老人の杖〟から〝お洒落な杖〟へと、杖も変わってきたのである。

私は生涯、杖の世話にはならないかも知れない。が、もし杖が必要になったら、進んでお洒落な杖を買い求めようと思う。そして、ゆとりがあったら、何か好きなものを杖の中に仕込みたい。句帳と鉛筆もいいし、好きな曲を入れたオルゴールもいい。散歩に出てふと句が浮んだ時に、杖の握りを抜いて句帳と鉛筆を出してサラサラと書く。また、歩き疲れた時に草の上に座って、オルゴールを出して小曲を聞く。きっと心が癒やされるだろう。仕込杖の中は、物騒なものよりも夢のあるもののほうがよい。

木を植えた男

フランスの作家、ジャン・ジオノに『木を植えた男』という短編作品がある。南フランス・プロヴァンス地方に住む一人の羊飼いが、三十年以上にわたって木を植え続け、荒地を緑地に変えてゆく物語である。

主人公のブフィエは農場を持っていたが、一人息子と妻を失ったあと身を引いて山に入り、何か人の為になる仕事をしたいと不毛の地に木を植えはじめるのである。ブフィエは拾い集めた木の実を選択し、杖代りの鉄棒で大地に穴をあけて、一つずつ種を埋め込んでゆく。植えられたカシワやブナ、カバの種十万個のうち育つのは一割程度にすぎないが、やがてそれらが美しい森を形成してゆく。それとともに、廃墟となっていた村に人々が戻り、活気のある村に蘇ってゆくという話である。主人公のブフィエは、長い目で見て何が一番大切かを見極め、それを遂行するために黙々と働く強い意志の持主であった。

ブフィエは、物語の中に登場する架空の人物であるが、ブフィエと同じような仕事を実際に行った一人の日本人がいた。それが、磐梯朝日国立公園の父と呼ばれる遠藤現夢である。現夢は、会津若松の鶴ヶ城に千本のソメイヨシノを植え、裏磐梯に十万本の木を植えた。その墓は今、裏磐梯の森の中に、木々と鳥の声に囲まれて静かに建っている。

私は五色沼沿いの道が好きで何度も通っているが、現夢という人物のこともその墓があることも知らなかった。或る秋の日、一人気儘に歩いていると、道端に簡素な木の道標が立っているのに気づいた。そこには「現夢の墓」とだけ記されてあった。「現夢」は「うつつのゆめ」とも「夢を実現する」ともとれる。私は後者の意味にとってこの人物に惹かれ、道標が示す道を辿っていった。草の刈られた森の小道をしばらく進むと、そこに豁然と広い空間が開け、大きな熔岩の墓石が建っていた。現夢の二十七回忌に子息がたてた略伝碑によると、現夢は元治元年会津若松の生まれで、昭和十年に七十二歳で没している。家業は醤油と酒の醸造業であった。明治二十一年に磐梯山が大噴火して北麓が熔岩と泥流で埋まったあと、官地千数百坪の払い下げに成功して植林を始めている。更に森林組合を結成して、旧噴火口に注水して温泉を作ったりもした。墓石は、現夢自身が選んだもので、噴火の際の最大の噴石である。戒名、天遊院仙翁豊徳居士がその人柄をよく表していると思った。

略伝碑の中には、更に次の一行が刻まれていた。「……其功ヲ語ルモノハ其手ニ植ヱシ松ノ緑ノミカ」。現夢が松の木だけではなく実に様々な木を植えてくれたお蔭で、磐梯山の北麓は今、大小の湖沼をちりばめた緑豊かな高原となり、多くの人々が訪れている。

私は鳥の囀りと木々の葉擦れの音だけしか聞こえない静かな空間の中で、現夢の夢を想い、長い間佇んでいた。

木を植ゑし男の墓に木の実降る

ブリヂストン美術館

京橋にあるブリヂストン美術館が、ビルの新築工事のために数年間休館になるため、収蔵している作品の中から選《よ》りすぐった作品を集めて「ベスト・オブ・ザ・ベスト」という特別展を開催した。

ブリヂストン美術館は私の実家からも近く、学生の頃からよく通った美術館である。そこへ数年間行けなくなると思うと無性に懐かしくなって、二度足を運んだ。

以前は展示室が五室で、第一室は古代美術室であったが、今回(平成二十七年)は第一室を「ブリヂストン美術館の歩み」として、昭和二十七年の開館から現在に至る六十三年間の歩みを紹介している。同郷の画家、青木繁の作品から始まった石橋正二郎のコレクションは、現在、十九世紀以降のフランスを中心とした西洋近現代美術を中心に、二千五百点を超えている。財界人としてだけでなく、文化人としての石橋の功績は大と言えるだろう。

私は、昔ながらの順路で、まず、古代美術室に足を運んだ。ここでは馴染みのあるギリシャのヴィーナスやエジプトのセクメト神像、シュメールの女の胸像などが並んでいた。私が好きだったエジプトの主神、ホルス神(鷹)の像がなかったのは淋しかった。

ヴィーナス像の前に暫く立ち、周りを巡りつつ、健康美そのものといえる優美な輪郭を目で追っていった。曽て東京オリンピックが開かれた年に、上野の国立西洋美術館でミロのヴィーナス展が開かれたことがある。私も長い人の列について見学したが、像の前には五分と立ち止まっていられなかった。心が満たされず、その足でブリヂストン美術館へ向かい、人っ子ひとりいない陳列室でこのヴィーナス像を飽かず眺めたものである。頭も両腕も欠けたヴィーナスだが、私はミロのヴィーナスに勝るとも劣らないと思っている。

古代美術室を出たあとは、好きな絵画を拾いつつ眺めていった。シスレーのサン・マメス六月の朝、モネの黄昏（ヴェニス）、睡蓮の池、雨のベリール、ルノワールの少女、ルソーの牧場、セザンヌのサント・ヴィクトアール山とシャトー・ノアル、ルオーのピエロ、藤島武二の黒扇、藤田嗣治のドルドーニュの家などなど……。

様々な表現形式と、それを通して作家が表現しようとする内容を考えながら、私はゆっくり歩き、時に佇んで、一時間ほどの時を過ごした。

私にとっては、有名、無名に関係なく、私の心に響いてくるものが美術作品である。有名な作品であってもその良さが分からない時は、位置を変えて見たり、日を改めて来て見たりする。それでも分からない時は私の理解力が乏しいか、縁がないと思うしかない。

美術館を観たあとは、余韻を楽しめる落着いた雰囲気の喫茶室があると嬉しい。ブリヂストン美術館には、館で最も人気のあるルノワールの作品名からとった「ジョルジェット」という洒落た喫茶室がある。私はそこでコーヒーを啜りながら、壁のフレスコ画を眺めつつ、暫くボーッとして過ごす。

ルネ・ラリック

フランスの工芸家、ルネ・ラリックを初めて知ったのは、竹芝にあったガラスの美術館であった。偶々入ったその美術館は、すべてがラリックの作品で占められていた。展示品は主に香水瓶であったが、自然をモチーフにした造形の見事さと、ガラスの透明感に即座に魅せられてしまった。

その後、東京の大丸ミュージアムで開催された「ルネ・ラリック展」にも足を運び、更に、佐世保にあるガラスの丘美術館も訪れた。

昨年、誌友の集いが箱根で開催されることが決まった時、私が真っ先に思い浮べたのは、箱根ラリック美術館であった。誌友の集いの前日に箱根を訪れた私は、まっすぐ仙石原に向かい、箱根ラリック美術館を訪問した。ちょうどお昼時で、美しい芝の庭を眺めながらテラスで食事を済ませたあと、館内をゆっくりと巡った。この美術館は、林業で財を成した簱氏が、長年の歳月をかけ私財を投じて集めたコレクションで、ガラス工芸のほか、宝飾品、室内装飾など、ラリックの全分野の作品を展示している。私は一時間ほどかけて館内を見て回り、満ち足りた気持になって次の吟行地湿生花園に向かった。

ラリックは、アール・ヌーボー期を代表する工芸家エミール・ガレの後を追って、アール・デコ期を代表するガラス工芸家となった。ガレの作品が華やかで幻想的であるのに対して、ラリックの作品は、シンプルで精神的である。

私がラリックの作品に惹かれるのは、その造形の美しさのほかに、自然の草木虫魚が生き生きと装飾化されている点だ。その中には、ジャポニスムの影響とみられる日本の草木や虫魚も多い。

ラリックがモチーフに用いた日本的な草木や小動物を挙げてみると、キク・スイレン・ハス・フジ・ボタン・マツ・ヒョウタン・トンボ・セミ・バッタ・カエル・コイ・トビウオ・ツバメ・スズメなど、じつに多彩である。

ラリックは生れ育ったシャンパーニュ地方の自然に親しみ、そこから尽きせぬ創造の泉を汲みとった。自然は更に、日本や東洋の自然を取り入れて広がっていった。

ラリックがよく題材にするシレーヌ(海の精)やダフネ(泉の神)、ドリュアス(木の精)といった神や精霊たちも自然の神格化に他ならない。

私はラリックの作品に、俳句と共通するものを感じ取る。トンボやセミ、ツバメといった小さな生きものの中に美しさを見出し、それを永遠の姿に形象化している点である。

ラリックの香水瓶の勿忘草

星野道夫写真展

都内のデパートで星野道夫写真展が開かれているのを知って、足を運んだ。星野がアラスカで撮った大自然の写真は、これまでも『アサヒグラフ』やその他のグラビアで何度か目にしていたが、二百五十点に及ぶ代表作を一度に見るのは今回が初めてであった。動物たちの生き生きとした写真には惹かれていたし、写真家が私と同じ町に住み、母校が同じであることにも親しみを覚えていた。

会場に入ってすぐの所に、大学生の星野がアラスカのシシュマレフ村の村長に宛てた手紙が展示されてあった。ベーリング海に面した小村の空撮写真を見た星野は、どうしてこんな荒涼とした土地に人間の生活があるのだろうかという素朴な疑問を抱き、村での生活を体験したい旨、村長に手紙を書いた。翌年、村長から快諾の返事が届き、星野はシシュマレフ村で三か月間過ごすことになる。これが、アラスカへの第一歩であった。

会場の壁面には、星野がアラスカやロシア領チュコトで撮った、カリブー（トナカイ）・ムース（ヘラジカ）・グリズリー（灰色熊）・アザラシ・北極熊・鯨・オーロラ・先住民の家族などの写真が大パネルいっぱいに掲示されていた。中でも最も多く撮られていたのが、カリブーである。星野は、北極圏と南の森林地帯との一千キロの距離を何万頭もの群で移動するカリブーを、主要テーマとして撮り続けた。

アラスカの広野を移動するカリブーの大群を空撮した写真は、我々に大自然の偉容を呈示し、悠久の時間の中にいる思いを起こさせる。また、残雪の山を背景に、朝霧の立ちのぼるツンドラをたった一頭でさ迷うカリブーの写真は、大自然の中で生きるものの孤独と尊厳とを感じさせた。

写真と写真の間で紹介されている星野の言葉は、思索的で示唆に富んでいる。

「『追いつめられたカリブーが、もう逃げられないとわかった時、まるで死を受容するかのように諦めてしまうことがあるんだ。あいつらは自分の生命がひとつの繋《つな》ぎに過ぎないことを知っているような気がする』僕はそんなニックの話を面白く聞いていた。

個の死が、淡々として、大げさでないということ。それは生命の軽さとは違うのだろう。きっと、それこそがより大地に根ざした存在の証なのかもしれない」

「生きる者と死する者。有機物と無機物。その境とはいったいどこにあるのだろう。目の前の(ムースの)スープをすすれば、極北の森に生きたムースの体は、ゆっくりと僕の中にしみこんでゆく。その時、僕はムースになる。そして、ムースは人になる」

いつやって来るか知れないカリブーの群を待つ時間、オーロラが出現するのを待つ時間——その長い時間を、星野は、自然とは何か、人間とは何か、命とは何かと問い続けていたに違いない。写真展を一巡して、私は、地球の一隅に今なお手つかずの大自然が残っていて、そこでは、現代人の時間とは違う悠久の時間が流れていることを知った。

地名

山陽若葉大会が山口県萩市で開催された時、どのような交通手段を使うか迷ったすえ、山陽新幹線で新山口駅まで乗車し、そこからバスを利用することにした。

新山口駅から萩駅前まで約一時間半の行程である。四時間半の新幹線の旅のあとで、更に一時間半のバスの旅はしんどいだろうが、バスの中は寝てゆけばよいと考えていた。

新山口駅を昼過ぎに出発したバスは、暫く商店街や病院、小中学校のある町並を走った。地方都市のどこにでも見受けられるありふれた光景である。うとうとしかけた頃、ふと、次のバス停の案内表示を見て、引き込まれた。「稲光」とある。こんなバス停の名前を今まで見たことがない。この辺りでは稲が実る頃、よく稲光が見られるのであろうか、それとも、稲光に関した古い物語が残されているのだろうか……などなど想像を掻き立てられた。私は、次のバス停の名前を知るのが楽しみになった。新山口駅から萩駅前まで六十あるバス停のうち、心惹かれた名前を挙げると、釜ケ渕・稲光・二本木・湯の口・切畑・柿木原・高山・鳶の巣・長登銅山入口・桂坂・岩波・絵堂・銭屋・一ッ橋・二反田・雲雀峠・角力場・牛地・蔵屋・瓜作・霧口などである。どの名前をとっても、一々バスを降りなくても、その土地の特色や人々の生活が彷彿《ほうふつ》と浮び上ってくる。

萩の町に近い「霧口」のバス停を通過したのは夕刻であったが、バスが阿武川に近づくたびに、川面をただよう夕霧が眺められた。まさに、地名どおりなのである。

「萩」という地名も、この地が曽て川島であって、萩が生い茂っていたことによるのであろう。

右に挙げたバス停の名前は素朴で、その名からじかに土地の様子が浮んでくるが、地名には、後に適当な漢字が当てはめられて語源が分からなくなってしまうものも多い。

柳田國男によると、信州で有名な避暑地「軽井沢」は、もとは荷物を背負う意の動詞「かるふ」(連用形「かるひ」)が語源であったという。牛馬で運んできた荷物を、険しい峠の麓で下ろして小分けにし、そこからは人が背にしょって運ぶ。日本全国に散在する軽井沢の地名は、皆こうした険しい峠の麓にあるという。「かるひ」の言葉が不明となって「軽井」の漢字が当てはめられ、本来の意味が消え失せてしまったのだ。

私の住んでいる千葉県市川市に「真間」という地名がある。『万葉集』の「真間の手児奈」で有名だが、本来「まま」とは急な崖を意味する言葉である。昔はこの辺りまで海が広がっていて、風生の枝垂桜の句碑が建つ弘法寺の台地は、海に面して崖をなしていたのだろう。今も残されている真間の継橋は、五、六歩で渡れる小橋だが、曽ては磯伝いに架け渡した文字どおりの継橋であったのだ。

地名の語源を探ってゆくと、そこから、土地の歴史が浮び上ってくるものである。

鬼師

住んでいる家が築十年を過ぎたので、屋根と外壁の塗替えを業者に頼んだ。家を建ててくれた棟梁が「家は屋根が大事だから、十年経ったら塗り替えなさい」と言っていたのを思い出したからである。業者が持ってきたカタログには様々な塗料が載っていて、まず、その選択に迷った。外壁のほうはすぐに決まったのだが、屋根のほうは耐久性や遮熱性などを考えてなかなか決まらなかった。一番耐久性のある塗料でも、数年後には塗り替えなければならないという。また足場を組んで寒冷紗で覆われた生活を一、二週間も送るのは嫌なので、何かいい方法はないかと尋ねると、スレート屋根の上に鋼板屋根を被せることを勧めてくれた。アルミ亜鉛合金メッキ鋼板に天然石のチップをコーティングしたもので、形は瓦に似ているが、瓦の七分の一の軽さだという。しかも、専用のビスで固定するので地震にも強風にも強いという。少し値段が張ったが、将来のことを考えてこれに決めた。スレート屋根と違って瓦調の屋根には落着きがあった。

今春、「愛媛若葉の集い」に出席するため松山を訪れた際、地元の人たちと一緒に今治市の菊間町を吟行した。菊間町は、七百五十年の歴史を持つ菊間瓦の町として発展し、今でも瓦師が十軒ほど残っている。その中の一軒、菊銀の工房と作業場を見学させてもらった。工房では若い女性が一人、粘土から鬼瓦を制作していたが、我々が訪ねると、手を休めて気さくに質問に答えてくれた。私はそれまで、瓦を造る職人と葺く職人をひと括りにして瓦師と思っていたのだが、実は、瓦を造る職人だけでも、鬼瓦や鯱《しゃちほこ》、鴟尾《しび》といった飾瓦を造る鬼師と、様々な瓦の木型を造る木型師がいることを知った。女性は、数少ない鬼師の一人であった。鬼師は造形にかかわるので瓦師の中でも一目置かれており、その呼称が瓦師を指すこともある。作業場では、瓦を焼く窯、焼き上がった瓦を整形、梱包する仕事場があり、女性の一家が分業で働いていた。和気藹々とした雰囲気で、皆、仕事を楽しんでいた。

景気はいかがですかと聞くと、耐震の問題で一般家屋の需要はぐっと減ったが、四国は寺や神社が多いので……と言って微笑んだ。瓦造りという日本の古い伝統を承け継いでいる人たちがいることを私は嬉しく思った。作業場を出ると、道の向うに瓦師の住居が見えた。ありふれた二階建ての家屋だが、本葺きの瓦屋根には燦然と金の鯱が輝いていた。

私たちはそのあと、近くのかわら館を見学した。正面に大鬼瓦を据えた三階建ての館は、曽ての菊間瓦の隆盛ぶりを示していた。館内には、菊間瓦の全種類が展示されており、その多様さに目を見張った。因みに挙げれば、雁振瓦、桟瓦、軒瓦、袖瓦、丸瓦、平瓦、雪止瓦、天窓瓦、家紋瓦……などなど。私は、今まで漠然と見ていた屋根瓦の一つ一つの役割の違いを知り、その造形の妙に感じ入った。

詩人の宗教

宗教が今、大きな曲り角に来ていると思う。日本の仏教について言えば、現代人の死生観が変わって、死後の場所を寺の墓石の下と限らぬようになってきたし、神道においては、産土と氏子の関係が薄らいできて、祭の人手にも事欠くようになってきた。

世界の宗教を見ても、教義や宗派の違いが戦争やテロの原因の一つとなっている。

変貌し複雑化する現代社会に適合する宗教が求められてきているのである。

そんな時、私は、インドの詩人タゴールが書いた「詩人の宗教」の一文を思い起こす。

タゴールの父は、インドの宗教改革者であるラーム・モーハン・ローイの高弟で、師が主宰するブラーフマ協会の後を継いだ。ローイの教義は、インド古代の宗教哲学書である『ウパニシャッド』に基づくもので、最高神であるブラフマンを頂点とする多神教である。

タゴールは父の影響を強く受けたが、聖職者にはならなかった。タゴールは詩の中(美の中)に宗教を見いだしていったのである。

「詩人の宗教」の中でタゴールは次のように述べている。

「美は幻想ではなく、永遠につづく実在性の意味をもっている。落胆や憂愁をひきおこす現実の諸事実は、たんなるカスミであり、そのカスミをとおして美が瞬間的なひらめきのうちに現われる時、われわれは平和が真実であって争いではなく、愛が真実であって憎しみではなく、真実が『一』であってばらばらの多数でないことをはっきり認識するのである。（略）詩人の宗教には、教義や戒告などはなく、一つの真理に対するわれわれの全人間的な態度があるのであり、その真理は常にそれ自らの限りない創造のうちに啓示されるのである」（蛯原徳夫訳）

次のようにも言う。

「詩人の宗教は、地球の周囲の大気のように流動的である。その大気のなかでは、光と影とが隠れん坊をして遊び、風が牧童のように雲の群のなかで葦笛を吹いている。それは決定的な結論などに誰をも導こうとはしない。それでいてそれは限りない光の領域を明かして見せる。なぜなら、それには周囲に塀などめぐらしてないからである」

タゴールにとって神とは、「最高の真理」であり「無限なるもの」であり、「創造的ユーニティ（調和）」であり、「美」なのである。それは、詩においては、一瞬のひらめきのうちの不滅のビジョンとして現れる。

私自身は特別な宗教を信じていないが、もし、人から「あなたの宗教は何か」と尋ねられたら、「詩人の宗教」と答えるであろう。

奈良の旅

年の暮に、奈良を旅した。駅前のホテルに荷物を預けたあと、まず唐招提寺に向かった。南大門をくぐって金堂へ進み、盧舎那仏・薬師如来・千手観音の三尊を拝した。その後、講堂を経て開山堂の前に立った。曽てここに祀られていた鑑真和上坐像は今は御影堂に移され、開山忌の時しか拝観することができない。代りに、和上像を忠実に模した御身代り像が安置されている。代りとはいえ、奈良時代の乾漆技法を再現した立派なものだ。御像は静かに瞑目し、辺りの小鳥の声に耳を傾けているかのようであった。

境内の一番奥にある御廟《ごびょう》の入口を入ると、庭の苔の緑が飛び込んできた。まさに苔の浄土といった感じである。苔の上に散った木の葉を三人の園丁が丁寧に掻き集めては布の袋に詰めていた。御廟は円墳と言ってもいい感じで、その上に実生の草木が生い茂っていた。自然のままの幽邃《ゆうすい》な趣であった。私は曽て訪れたことがある鑑真上陸の地、薩摩半島の秋目の地を思い起こしていた。五度の航海に失敗して盲目となり、六度目の航海でやっと来朝を果たした鑑真の、布教に対する熱意と不屈の精神に改めて頭《こうべ》を垂れる思いであった。寺を辞す時、中国から来た数人の若者とすれ違った。彼らもまた故国の名僧の遺徳を慕って唐招提寺を訪れたのであろう。

翌日は柳生の里に向かった。柳生は奈良と京都の県境近くにある山里で、剣豪の地とは思えない長閑《のどか》さであった。偶々ぽかぽかとした小春の日で、畦にはたんぽぽの花が咲いていた。私たちは家老屋敷を見学したあと、柳生家の菩提寺である芳徳寺に向かった。この寺は、柳生宗矩《むねのり》が父宗厳《むねよし》（石舟斎）の供養のために建てたもので、開山は沢庵和尚である。寺域の一番奥に柳生一族の墓が建ち並んでいた。三厳《みつよし》（十兵衛）の墓を中心にして、その後ろに父宗矩、祖父宗厳の墓が控え、周りを八十基近い一族の墓が取り囲んでいた。皆寂びた石塔や五輪塔で、いかにも剣に生きた一族という感じがした。

　芳徳寺の門前に建っている正木坂剣禅道場は、十兵衛の正木坂道場に因んだもので、剣術に志す者が一度は訪れたいと願う憧れの道場である。

　日が傾きかけたのに心急きながら、次の目的地である秋篠寺に向かった。私が秋篠寺で最も見たかったのは、伎芸天像である。薄暗い堂内の左端に、天女像は静かに立っていた。少し首を傾け、笑みを湛えた表情がなんともいえない。天を指さした右手の小指と人差指はまさに伎芸に秀でた女人の指の美しさであった。豊麗な肢体は、ブールデルのペネロペ像を想わせた。伎芸天像は、頭部が天平時代の作で、体部が鎌倉時代の作と言われるが、一人の仏師が彫ったとしか思えないほど調和がとれていた。私は、正面から見、横から見、一度堂を出てからまた戻って見た。体の中から音楽が湧き上ってくるように感じた。

仏像に仏師のこころ　花柊

蕎麦掻き

昔勤めていた学校で、偶々、同僚と蕎麦の話になった。一人が「鈴木さんの住んでいる市川に美味しい蕎麦屋はある?」と聞いてきたので、私は「ある」と答えて、当時家族でよく行っていた蕎麦屋の名前を挙げた。更に、「何が美味しいの?」と聞いてきたので、私が「そば」と答えると、周りにいた同僚が皆笑い出した。私は真面目に答えたのだが、質問したほうは、「天麩羅蕎麦」とか「鴨南蛮」とかの品名を聞きたかったのであろう。私に言わせると、蕎麦屋へ行って蕎麦が美味しくなければ意味がない。天麩羅や鴨や蒲鉾《かまぼこ》の美味しい店は蕎麦屋でなくとも他にいくらでもある。蕎麦屋では美味しい蕎麦が食べたいのである。

蕎麦そのものの味を味わうには、つなぎを使わない蕎麦粉百パーセントの蕎麦掻きが一番だ。私は老舗の判断をするのに、その店に「蕎麦掻き」のメニューがあるかどうかを一つの目安にしている。蕎麦掻きを出す店は蕎麦粉に自信があるし、また、注文客の少ないメニューに手間暇をかけるだけのゆとりを持っている。

そうした老舗の一つ、大門の更科布屋では、湯を入れた朱塗りの桶に葉っぱ形をした蕎麦掻きが盛られてくる。蕎麦掻きの形はその店の主人の考えで様々だが、おおよそ葉っぱ形に葉脈の筋目を付けたものが多い。白金の利庵では、湯を入れた厚手の志野焼の鉢に卵形の蕎麦掻きが五、六個入って出てくる。器に凝るのは、蕎麦掻きが簡素な食物なので、容器ぐらいは趣向を凝らそうというのであろう。吉祥寺にある上杉という店では、文字どおりの蕎麦搔きを出してくれる。蕎麦搔きの多くは湯に浸して出てくるが、ここのは練り上げた蕎麦搔きがそのまま鉢に盛って出される。固めに練った熱々の蕎麦搔きを箸でちぎって汁《つゆ》につけ、口に運ぶと、新蕎麦の味が口中に広がる。更に、別誂えで本山葵《ほんわさび》を注文して使うと、切れのよい辛さが沁みて蕎麦の味が一段と引き立つ。

蕎麦搔きは、蕎麦粉に熱湯を注ぎながら搔き混ぜ、火にかけてすりこぎで手際よく練ってゆくのだが、〝搔く〟ことの他に〝練る〟ことも加わるので「蕎麦練《ねり》」とも呼ばれる。また、固練りした蕎麦搔きは餅に似ているので、「蕎麦搔餅《がい》」と呼ぶこともある。

先日、秩父へ行った時に、地元の方が美味しい手打ち蕎麦屋に案内してくれた。そこの女将が勧めてくれた揚げ蕎麦は、蕎麦搔餅を衣をつけずにからっと油で揚げたもので、中の蕎麦が蕩《とろ》けるようであった。

蕎麦にしても蕎麦搔きにしても、東京人は汁にちょっとつけて食するのを良しとするが、どっぷり浸して食べる関西人に言わせると、これは高価な醬油やだしの鰹を存分に使えなかった江戸っ子のコンプレックスの裏返しであるという。だが、私に言わせると、東京人が汁を控えるのは、蕎麦そのものの味を賞味しようとする表れで、それが江戸っ子の粋なのである。

〃時〃の俳句

昔、中学校の数学の時間に、先生から、矢は絶対に的に当たらないという話を聞いたことがある。射手が放った矢は必ず射手と的との中間点を通過する。更に矢は、その地点と的との中間点を通過する。こうして、繰り返し中間点を考えてゆくと、矢は限りなく的に接近するが、到達はしないというのである。この理論が間違っているのは、矢が中間点を通過した時、という前提にある。矢は一つ時たりとも留まってはいないのだ。中間点というのは、われわれの頭の中にある概念に過ぎない。

しかし、茫漠《ぼうばく》と流れてゆく時間をそのままにしておくと、我々はなんとなく落ち着かない気分になる。そこで、一年・一か月・一週間・一日・一時間・一分・一秒と〃時〃に区切りを付けて考えるようになったのだ。

大晦日の除夜の鐘を聞くと、我々はこの一年が過ぎ去り、新しい一年がやって来たと思うが、実は、その瞬間も時は留まっていないのである。

この目に見えない、把握しがたい〃時〃に、正面から立ち向かった俳人に、虚子がいる。虚子ほど、〃時〃を普段から考え、俳句に詠んだ作家はいないであろう。

年を以て巨人としたり歩み去る　　虚子

自註に「年といふものをギャイアントに例へて見れば、年が暮れるといふことはあたかもギャイアントが大きな足音を立てて歩み去るやうな感じである。年は強い歩みを以て去つて行く」とある。「年を以て巨人としたり」は見事な比喩といってよい。〃時〃に対したとき、我々はガリバーに立ち向かう小人のように、なす術《すべ》がないのである。

去年今年貫く棒の如きもの　虚子

去年と今年の間に我々はハッキリとした境目を置き、カウントダウンしたり、鐘を撞いたり、花火を揚げたりするが、本来その境目はなく、〃時〃は棒のごとく貫いているだけである。「棒」という比喩は虚子の好んだ比喩で、虚子の日常や人生もまたそうであった。飾り気のない坦々としたものでありながら、厳然とした存在感をもったもの、それが虚子の「棒」である。

時ものを解決するや春を待つ　虚子

最善を尽くして〃時〃を待つ。それが虚子の処世術であった。どんなに一生懸命に努力しても、目に見えない様々な要件が整わなければ物事は実現しないことを、虚子はよく知っていたのである。

俳句は言ってみれば〃時〃の文学である。時間とともに変化する自然と人間の種々相を見つめ、その美しさとあわれを詠い上げてゆく文学である。

微小な世界を詠んだ句

俳句は、十七音という器の中で広大な世界を詠むこともできれば、微小な世界を詠むこともできる。ここでは、微小な世界を詠んだ句を幾つか紹介してみよう。

金剛の露ひとつぶや石の上　　川端茅舎

この句を含む露の句で、茅舎は「ホトトギス」昭和六年十二月号の巻頭を飾った。他の三句は「白露に鏡のごとき御空かな」「一聯の露りん〱と糸芒」「露の玉蟻たぢ〱となりにけり」である。

中でもこの一句が抽んでている。この句を発表する前年、茅舎は、宿《しゅく》痾《あ》となった脊椎カリエスのため画家になる志を断念している。俳句一筋に懸ける茅舎にとって、一粒の露はただの露ではなく、自らの命そのものでもあったのだ。早朝、石の上に結んだ一粒の露の輝きに見入りながら、茅舎は、命の儚さを思うとともにそれを超える何かを求めたに違いない。それが仏語の「金剛不壊《こんごうふえ》」であった。日が闌《た》ければやがて消えてゆく露に、不滅の命を思ったのだ。

ものの芽のあらはれ出でし大事かな　　高浜虚子

草木にかかわらず地上や水中に生えるもろもろの芽が「ものの芽」である。その中には、あるかなしの微かな芽もあるであろう。その一つ一つを虚子は重大な出来事とみなしているのだ。虚子にとっては、自然界のすべての現象が神のなせる業であって、そこに軽重の差はないのである。何億という種のうちには、発芽しないで果てる命もあるであろう。萌え出た芽は草木として生長し、やがて、次の命を宿してゆく。連綿とつづく命の継承は、神の偉大な業に他ならない。それを「大事かな」と表現したのだ。

虹なにかしきりにこぼす海の上　　鷹羽狩行

海の上に架かった大きな虹の橋。その美しさに見とれて暫く眺めていると、その虹の底からなにやら微かなものがこぼれているのに気づいた。それは、空中にただよう水滴と光から生じた天然現象であったが、作者には、微かな光の粒子がこぼれついでいるように見えたのである。多くの人が見過ごしている自然界の微細な一面を捉えて、しかも、叙情味豊かな作品になっている。

山越ゆる揚羽の骨の精しさよ　　三橋敏雄

「揚羽の骨」といっているが、揚羽蝶には骨がないので、実際には、骨格を形づくっている筋のようなものを指しているのであろう。一匹の揚羽蝶が山稜を越えてゆくのを見て、作者はその健気さに感動し、傷つきやすい羽にある骨格の精巧さ(精《くわ》しさ)を思ったのである。

右に挙げたいずれの句も微小なものを詠んでいるが、広大な宇宙に繋がっている微小であるがゆえに、句柄は大きい。

四つの真実

私は、俳句を詠んでゆく上で大切なことが四つあると思っている。

一つは、俳句の詩型に対して真実であるということである。俳句の詩型はいうまでもなく五七五と季語である。五七五七七という短歌の詩型と五七五という俳句の詩型はすでに『万葉集』の時代から出来上っており、千年を優に超える歴史を持っている。それはある個人が作り出したものではなく、古代の日本人が大和言葉で〝うた〟を詠《うた》ううちに自然に出来上った形である。その詩型で詠む時、日本語が最も生かされ、その調べが日本人の心の琴線に触れたということであろう。

季語も、鎌倉時代には連歌の発句《ほっく》として定着してくる。五七五という短い詩型を生かすためには要《かなめ》となる言葉が必要であり、それが、自然が豊かで四季の変化のある日本では、季節の言葉であったのだ。季語は、短い詩型の中に自然や宇宙を取り込み、俳句の世界に無限の広がりを与えてくれる。

俳句の詩型に真実であるということは、五七五の中で言葉を生かし、調べを生かし、季語を生かすことである。それを究めていった時に、俳句の詩型の限界も見えてこよう。詩型以上を求めれば、詩型に背かれることになる。

二つ目に、自然に対する真実がある。俳句の要として我々は季語を用いるが、その季語を安易に用いてはならない。季語の本質をよく理解し、季語と友達になってはじめて、季語を十分に生かし得るのだ。

たとえば、蓮の花を例にとれば、花の盛りだけを見るのではなく、その生涯を見ることである。蓮が浮葉となって水に現れ、茎を伸ばし、蕾をつくり、花を咲かす。花が散って花托が残り、実を作る。風が吹くと、実が池にこぼれ落ちる。そして、最後に、すべてが枯れ尽くして水中に没するのだ。そこまでを見届けて、はじめて蓮の花が分かったと言えるだろう。更に、蓮と友達になるためには、何度も何度も蓮を見て心を通わすことである。

三つ目に、言葉に対する真実がある。

我々は十七音の日本語で俳句を詠みきる。自分の感動を詠う時に、それにふさわしい言葉を探すわけだが、安易に言葉と妥協してはいけない。自分の心と言葉がしっくりしない時は、言葉を探し抜くことだ。どうしても見つからない時は、時間をおいて推敲することである。自分の感動を表すピッタリの言葉を見つけだした時ほど、嬉しいことはない。

四つ目は、今まで挙げたものの大本にあるものだが、作者の心の真実である。出来上った句を自分の心に照らしてみて、真実であるかどうかを問うことだ。自分の感動を表すのに言葉が適切であるか、調べが適切であるか、季語が適切であるか、他人の巧みな表現を借りて句を飾ってはいないか、そうしたことを自分に問うてみることである。自分の心に忠実に詠むことによって、個性的な句が生れ、新しい句が生れてくる。

「し」について

総合誌などで時々、俳句文法が取り上げられることがある。それを見ていると、往々にして教科書や一般に流布している文語文法書を拠り所として、それに反するものは間違いとする論が見られる。文語文法書のほとんどは平安時代の文法を基にしている。それは、学生や一般の読者を惑わせず理解しやすくするためである。

しかし、生きている言葉の一つ一つは、時代とともにその音や形、意味が変わってゆく。新しく生れてくる言葉もあれば、死んでゆく言葉もある。そうした変化の諸相を、言葉の真《まこと》として認めてゆかなければならないであろう。

文法は、言葉の決まりを体系化し理解するために言葉の後から生れたものであって、その逆ではない。文法が言葉を律することはできないのである。

ここでは、よく俎《そ》上《じょう》に載せられる過去の助動詞「き」の連体形「し」について取り上げてみたい。

「し」は文語文法では過去の助動詞に分類されているが、現代の俳人の中には「し」を現在や完了として詠んでいる句があり、それは間違いであると指摘する評者がいる。

しかし、「し」は、中世以後、現在・完了(存続)の意としても使われるようになり、近世、近代になるとその用例数は漸増する。その理由は、室町時代に入って、完了の助動詞「たり」が「た」(現在の口語の「た」)と短縮して過去の意味も有するようになり、元来、過去の助動詞であった「き」「けり」を圧倒しはじめたからである。過去の助動詞としての存在が薄くなった「し」は、連体止めにおける詠嘆的表現や、強意の助詞「し」の影響を受けて、次第に現在・完了(存続)の意を含むようになったと思われる。

ここで、芭蕉の句を具体例として取り上げてみたい。

元禄四年、芭蕉が、伊賀上野の兄半左衛門の家に逗留していた折の作に、

不性さや抱《だき》起《おこ》さるる春の雨

の句がある。しとしとと降る春雨の音を聞きながら、心地よい眠りを貪っていたが、とうとう家人に抱き起こされてしまった、という句である。

これを『猿蓑』に入集する際、芭蕉は次のように改作した。

不性さやかき起《おこ》されし春の雨

「か(掻)き起す」は手で引き起こすの意で、「抱起す」よりも雅《みやび》な言葉であり、家人が女性であることを想起させる。この句の中七「かき起されし」で用いられている「し」は、決して過去の意味で使われているのではあるまい。原句が現在形であるから、現在の意か、或いは現在完了の意であろう。では、なぜ、原句に倣って「かき起さるる」としなかったのか。私は、「かき起す」という繊細な言葉に対して、芭蕉が「し」という澄んだ言葉を選んだのだと思う。芭蕉は言語感覚に優れた作家である。

「美《は》し」について

年来、気になっている言葉に「美《は》し」がある。「美《は》し」という言葉で今までずいぶん句を詠んできたが、心の片隅に後ろめたさがあった。それは、「はし」を辞書で引くと、いずれも、「愛《は》し」の表記で出てきて、意味は、いとしい・かわいい・慕わしいであったからだ。

この後ろめたさを解消しようと調べているうちに「うつくし」との関連に気がついた。

「うつくし」(愛し・美し)の語の変遷を『岩波古語辞典』は次のように記している。

「親が子を、また、夫婦が互いに、かわいく思い、情愛をそそぐ心持をいうのが最も古い意味。平安時代には、小さいものをかわいいと眺める気持へと移り、梅の花などのように小さくかわいく、美であるものの形容。中世に入って、美しい・綺麗だの意に転じ、中世末から近世にかけて、さっぱりとして、こだわりを残さない意も表わした」

とすると、「うつくし」の最も古い意味は「愛《は》し」と同じ、いとしい・かわいいの意であったのだ。「はし」はそのまま意味が変わらなかったので「愛《は》し」と書かれ、「うつくし」は元の意味から美しいの意へと変わったので「美し」と表記されたのである。

「はし」と「うつくし」の元の意味が同じであったので「美し」に「はし」の読みが当てられたのであろう。その際、「美し」と同義の「うるはし」

の語尾「はし」が影響したかも知れない。

では「美《は》し」という言葉はいつ頃から使われだしたのだろうか。明治四十二年に出版された北原白秋の『邪宗門』の中に次の用例がある。

「かの美《は》しき越歴機《えれき》の夢は天鵝絨《びろうど》の薫《くゆり》にまじり、珍《めづ》らなる月の世界の鳥《とり》獣《けもの》映像《うつ》すと聞けり」（邪宗門秘曲）

俳句では次の用例がある。

若狭乙女美《は》し美《は》しと鳴く冬の鳥　金子兜太

紫陽花剪るなほ美《は》しきものあらば剪る　津田清子

天地美《は》し師に逢ひたくて柿提げて　和田順子

「若狭乙女」の句は、冬の鳥（鷗）の鳴き声を「美《は》し美《は》し」と聞きなして、乙女の美しさを讃えたのである。三句とも「美し」に読みがなが振ってあるのは、その読みがまだ公に認められていないからであろう。しかし、「美《は》し」は既に多くの俳人や詩人の作品に使われているので、私は詩語として認めてよいのではないかと思っている。「美《は》し」は簡潔で、美しい言葉だ。

文法か調べか

俳句を詠んでいて迷うものに、動詞の二段活用か一段活用かがあるが、もう一つ迷うものに、動詞の連体形か、終止形かがある。私の句を例にとると、

胞衣《えな》納むる宝篋印塔母子草

は岡崎城の家康の胞衣を納めた供養塔を詠んだものだが、上五を「胞衣納むる」と詠むか「胞衣納む」と詠むかで迷うのだ。「納む」という動詞は、この場合「宝篋印塔」という名詞に掛かるので文法的には連体形の「納むる」が正しい。しかし、「納むる」にすると、上五が字余りになって、何となく間延びした感じがするのだ。文法的には間違いだが、終止形の「納む」のほうがスッキリした感じがする。

「若葉」の雑詠の選をしていても、同じ問題に出くわす。

百歳の賀状に溢る（溢るる）心意気

篝爆ず（爆ずる）音澄み渡る初御空

冬うらら見上ぐ（見上ぐる）鏝絵《こてえ》の昇り竜

右の三句は字余りになるのを嫌って終止形にしたのだろうが、文法的には間違いなので（　）内の連体形に直した。しかし、次のような句に出合うと迷うのである。

海境を見据う龍馬像秋高し

「見据う」は「龍馬像」に掛かるので、文法的には「見据うる」が正しい。

が、「海境を見据うる龍馬像秋高し」と詠むと間延びした感じがして、坂本龍馬の毅然とした感じが出てこない。むしろ「見据う」と終止形で切ったほうが、龍馬の感じは出てくるのだ。連体形か終止形かで迷うのは、実は現代の俳人だけでなく、江戸時代の俳人も同じであった。

雲とへだつ友かや雁の生き別れ　芭蕉

寛文十二年、芭蕉が故郷伊賀上野を去って江戸へ下った時、友人に贈った句である。春になって雁が北へ去るように、私はあなたと別れて江戸へ下ろうとしている。これからは遠く隔たった友(雲とへだつる友)になるであろうという句である。本来であれば「へだつる」という連体形を使うべきところを、終止形を用いている。山田孝雄博士はその著『俳諧文法概論』の中で「この形(終止形)を以て連体形の如く体言に冠して用いた異例」と述べているが、私は、芭蕉が文法よりも調べを重んじたからではないかと思っている。「へだつ」と終止形で切ることで、別れの切実感がより強く表現されるからだ。

連体形か終止形かの問題について言えば、私はまず、文法を重んじるべきだと思う。その上で、敢えて、調べを重んじたいのであれば、終止形で切ったのだと言えるだけの自負を持つべきであろう。「海境を」の句を例にとれば、「海境を見据うる龍馬像。秋高し」の調べではなく、「海境を見据う。龍馬像、秋高し」の調べで表現したのだと。それならばそれでよいと思う。

類句

類句について触れてみたいと思う。というのは、最近関わった各種の俳句大会において、必ずといっていいほど類句による入選取り消しが出るからである。また、私自身、「若葉」や総合誌に句を発表したり、句集を出版する際に、類句の不安を覚えて神経を磨り減らすからだ。

そんな時、子規が明治二十五年に新聞「日本」に発表した〝俳句の前途〟と題する一文が浮び上ってくる。

「数学を脩《おさ》めたる今時の学者は云ふ。日本の和歌俳句の如きは一首の字音僅《わずか》に二三十に過ぎざれば之《これ》を錯列法《パーミュテーション》に由て算するも其数に限りあるを知るべきなり。語を換へて之をいはば和歌(重に短歌をいふ)俳句は早晩其限りに達して最早此上に一首の新しきものだに作り得べからざるに至るべしと。世の数理を解せぬ人はいと之をいぶかしき説に思ひ何でふさる事のあるべきや。和歌といひ俳句といふもと無数にしていつまでも尽くることなかるべし。古より今に至るまで幾千万の和歌俳句ありとも皆其趣を異にするを見ても知り得べき筈なるに抔《など》云ふなり。然れども後説はもと推理に疎き我邦在来の文人の誤謬《ごびゅう》にして敢て取るに足らず。其実和歌も俳句も正に其死期に近づきつつある者なり。試みに見よ古往今来吟詠せし所の幾万の和歌俳句は一見其面目を異にするが如しといへども細かに之を観《み》広く之を比ぶれば其類似せる者真に幾何《いくばく》ぞや。(中略)人問うて云ふ。さらば和歌俳句の運命は何《いず》れの時にか窮《きわ》まると。対《こた》へて云ふ。其窮り尽すの時は固《もと》より之を知るべからずといへども概言すれば俳句は已《すで》に尽きたりと思ふなり。よし未だ尽きずとするも明治年間に尽きんこと期して待つべきなり。和歌は其《その》字数俳句よりも更に多きを以て数理上より算出したる定数も亦遥かに俳句の上にありといへども実際和歌に用ふる所の言語は雅言のみにして其数甚だ少なき故に其区域も俳句に比して更に狭隘なり。故に和歌は明治已前に於て略《ほ》ぼ尽きたらんかと思惟するなり」

子規は数学者の錯列法（組合せ）による論を引用して、二、三十音の俳句や短歌での組合せには限りがあって、俳句は明治期に詠み尽くされるであろうと推論したのだ。しかし、俳句は明治期で終らず、大正・昭和・平成・令和の世まで続いている。だが、子規が予言したことは間違いではない。ただ窮まる年数がはずれただけである。

最近、類句を切実に感じるようになったのは、子規の言葉が事実として粛々と進行している現れであろう。俳句はいつかは詠み尽くされる。だが、我々は、子規が俳句や短歌は早晩に尽きると言いながらも、蛮勇をもってその革新を進めたように、類句の海を掻き分け掻き分け、一句でも多く新しい句を詠んでゆくべきであろう。

俳句が詠み尽くされた時には、また、新しい俳句の形が生れてくるに違いない。それは或いは、世界に普及したハイクの中から生れてくるかも知れない。

季語は言葉の束である

季語は言葉の束である、と思うことがある。私たちが或る季語を用いる時、その季語が持つ一つの特性を用いることもあれば、複数の特性を用いることもある。特性は、言葉と言い換えてもよいであろう。秋・冬の季語から幾つかを取り上げてみたいと思う。

生涯にいくたびか全天鰯雲　　森　澄雄

帰る家あるが悲しく鰯雲　　藤原碧水

「生涯に」の句は、鰯雲が空に広がる特性を用いて詠んでいる。全天を覆い尽くすような鰯雲に出合うのは、生涯に数えるほどしかない。そして、出合えた時の感動……。「帰る家」の句は、家が嫌いで帰りたくないのではない。むしろ作者は、幸せな家庭人なのである。ただ、毎日家を出ては職場で働き、また家に帰ってくるという同じことの繰り返しに飽きることがあって、そんな時は鰯雲のように自由な旅がしてみたいと思うのだ。「鰯雲」は、全天・旅(さすらい)の他に、亡ぶ(消える)・海、などの言葉を束ねている季語と言っていいであろう。

竜の玉深く蔵すといふことを　　高浜虚子

先生は大きなお方竜の玉　　深見けん二

「竜の玉」の句は、ジャノヒゲが葉の中に結ぶ実を「深く蔵す」という言葉で表している。確かに、ジャノヒゲの実は葉からこぼれ出るまで目につかないものだ。「先生は」の句の先生は、作者が俳句の師と仰ぐ虚子であろう。この句では、「竜の玉」が、宝(貴重なもの)の意味で用いられている。「竜の玉」は、深く蔵す・貴重なものの他に、碧《あお》・忘らるる、などの言葉を束ねている季語と言っていい。

湯豆腐や雪になりつつ宵の雨　松根東洋城

湯豆腐やいのちのはてのうすあかり　久保田万太郎

東洋城の句は、「湯豆腐」の温かさを詠んでいる。寒い夜、体を温めるのに「湯豆腐」とおでんに勝るものはない。万太郎の句は、「湯豆腐」に託して作者の晩年の思いを表している。「湯豆腐」がもつ、温かさ・淡泊さ・崩れやすさ・薄明りのすべてが、家庭的に不幸であった作者の晩年の諦念と重なっている。その意味で、この句における「湯豆腐」の季語は、十全の働きをしていると言っていいであろう。

雪はげし抱かれて息のつまりしこと　橋本多佳子

限りなく降る雪何をもたらすや　西東三鬼

「雪はげし」の句は、雪のはげしさを男女の熱情に重ねて詠んでいる。「限りなく」の句は、しんしんと降り続く雪がもたらすものへの期待感と不安感が表出されている。「雪」は、激しさ・無限の他に、純白・寒さ・明るさ・静けさ・楽しさ・豊かさ、など多くの言葉を束ねている季語だ。それゆえに、さまざまな表現に適応し得る幅広い季語だと言っていい。

空気を詠む

版画家の棟方志功はよく〝空気を写生せよ〟と言ったという。目の悪かった志功は、それを補うために五感のすべてを使って対象を取り巻く空気を感じ取り、それを表現しようとした。それゆえに志功の絵はタッチは粗いが情感が豊かで、見る者を包み込む力があるのだ。俳句においても、空気を詠むということは大切であろう。

空気まで詠んでいると思われる句を幾つか取り上げてみたいと思う。

白露もこぼさぬ萩のうねり哉　芭蕉

微かな風が吹いて、萩の枝がうねるように揺れたのである。それを、花はもとより白露もこぼさぬように揺れたと表現したのだ。言葉の選択や句脈によって、微風や萩の枝の嫋やかさが、さながらに伝わってくる。

よろこべばしきりに落つる木の実かな　富安風生

木の実が落ちるのを童心になって見ていたのである。地面に落ちては転がってゆく木の実を見て喜んでいると、木もそれを感じて、次々と木の実を落としてくれたのだ。木と作者の心の交感は、作者がその場の空気を読みとれなければ生れなかったであろう。

しづかなる力満ちゆき蟆蚸とぶ　加藤楸邨

地面からまさに跳ぼうとしているバッタであろう。じっと見ていると、バッタの全身にしずかに力がみなぎってゆくのが分かる。その頂点に達した時、バッタは勢いよく跳び立ったのだ。この句の場合も、バッタの全身に力が満ちてゆく気配を感じ取って詠んでいる。

　双六の賽《さい》に雪の気《け》かよひけり　久保田万太郎

　正月に家族が集まって絵双六に興じていたのであろう。雪の日で、いつしかその寒さが手で握る賽子《さいころ》にまで感じられてきたのだ。「賽に雪の気かよひけり」の表現が繊細で、戸外でしんしんと降る雪の寒さが身辺にまで伝わってくる感じがする。

　鶏頭を三尺離れもの思ふ　細見綾子

　鶏頭の花を見ながら考えごとをしていたのであろう。その時、作者は、鶏頭から三尺ほど離れて考えるのがふさわしいと感じたのだ。真っ赤な鶏頭の花は情熱の花である。綾子と沢木欣一はその頃、愛が実ろうとしていた。熱い思いを抱きながらも、一方で自己を冷静に見つめる距離が綾子には必要であった。鶏頭から三尺の隔たりは、綾子が落着いて考えられる距離であった。距離を保つことも、空気が読めないとできないことである。

　空気を詠むためには、目だけではなく五感を超えた心で見なくてはならないし、それを表現するには、言葉が持つ語感や音調、句脈などを総動員しなくてはならない。空気まで写生できてはじめて、写生は完成したと言えるだろう。

今際の風景

よく、死期が迫った時に、この世で最後に食べたいものは何かといった質問がなされることがある。それに答えることは決して難しくはないだろう。しかし、あなたは死に際にどのような風景を見たいかという質問には、そうすぐには答えられないであろう。

社会学者の見田宗介は、「人がいつかはそこに帰ってゆくことのできる世界の佇まい――風景」を今際《いまわ》の風景と呼んだ。

アメリカ先住民が白人に征服された時、その長老は、「我々の財産を略奪し、妻子や友人を殺したことも許そう。しかし、桃の木を切り倒したことは許せない」と言ったそうだ。桃の木のある風景は、彼らがいつかは帰ってゆく今際の風景であったからだ。

中国の山水画では、優れた風景を三つ挙げている。下位から順にいうと、三番目は「行ってみたい風景」である。誰しも行ってみたい風景は数多くあるだろう。私は旅をすることが多いほうだが、国内だけでも行ってみたい土地は数限りなくある。知床、白神山地、鳥海山、隠岐、壱岐対馬……などなど挙げれば切りがない。生きているうちに、それらすべてを見尽くすことはできないであろう。

二番目は「住んでみたい風景」だという。これは、なかなか難しい。自然が豊かで、美しいだけでは、やがて飽きてしまうだろう。風景に懐かしさがあり、文化の香りがないと、長くは住んでゆけない。

そして、一番の風景は「死んでもいい風景」であるという。こうなると、いよいよ難しい。多くの人にとって、それは故郷の風景ではあるまいか。しかし、美しい故郷も、今はどんどん様変りして、思い出の中の風景としてしか残らないようになってしまった。

私は死んでもいいと思う風景に出合ったことがこれまでに一度ある。

その頃、私は、秋の学校行事が一段落する初冬、奥日光を訪れるのが習わしだった。東武鉄道の浅草駅から朝一番の電車に乗って東武日光で下車し、そこからバスに乗り換えて湯元温泉に向かう。途中、竜頭の滝で下車して、湯川沿いを遡る。戦場ヶ原を経て泉門池に出、そこから湯滝へ向かうこともあるが、多くの場合、小田代ヶ原を経て柳沢林道を通り竜頭の滝へ戻ることが多かった。その日は冬晴れの上天気で、パステルで塗ったような青空が広がっていた。私は、泉門池で一服してから小田代ヶ原に入った。木道から見渡す草原の草花はほとんどが紅葉し、林立するミズナラやカラマツ、シラカバといった木々が明るく黄葉していた。小田代ヶ原全体が、静寂と仄かな明るさに包まれた小天地であった。この風景の中でなら死んでもいいと、私は思った。

冬麗の小田代ヶ原肯《がえん》ず死

私が見たい今際の風景は、これまで旅してきた美しい自然の一齣《ひとこま》か、下町の町並や祭の一齣であろうか。

辞世の句

亡くなった若葉同人の相良《さがら》哀楽さんがお元気な頃、手紙と一緒に一枚の写真を送ってこられた。そこには、比叡山延暦寺の霊園に建てられた句碑の前で、奥様や友人とともににこやかに笑っている哀楽さんの姿があった。句碑には〈みづうみの無明に銀河明りかな〉の一句が刻まれていた。

近江に育ち、琵琶湖のほとりに住んだ哀楽さんには、琵琶湖を詠んだ句が多くあるが、この句は、会心の一句であったに違いない。私は「いい句だなー」と感じ入るとともに、この句碑を墓の傍らに建てた哀楽さんの気持が分かる気がした。

この句は、秋の夜更け、琵琶湖を一望して詠まれたものであろう。湖水は暗く湛えて、時折立つ漣《さざなみ》に銀河の明りが差していたのである。一句は自然観照の句であると同時に、作者自身の心象を映しとった句にもなっている。迷いの多いこの世から、銀河へ連なる永遠の世界に、作者の思いは広がっていったのであろう。この一句は作者の生涯の代表句であるとともに、図らずも、辞世の句になっている。

辞世の句は死ぬ間際に詠まれるものだが、実際には、それ以前に詠まれた句の中に、辞世にふさわしい句が少なくない。

芭蕉が生前、最後に詠んだ句は〈清滝や波に散り込む青松葉〉であったが、これは数か月前に詠んだ〈清滝や波に塵なき夏の月〉の推敲句であった。亡くなる四日前に病床で詠んだ〈旅に病んで夢は枯野をかけ廻《めぐ》る〉のほうが辞世の句にはふさわしく、一般にも流布している。

虚子が最後に詠んだ句は〈独り句の推敲をして遅き日を〉である。これは、真言宗大谷派の管長で俳誌「懸葵」の主宰者でもあった大谷句仏の十七回忌に寄せた追悼句であるが、虚子の日常の姿と重なってくる。そこには、四季の巡りの中で営々と生きる人間の確固たる自負がある。

一方、文字どおりの辞世の句を残した俳人もいる。与謝蕪村は、今際《いまわ》に門人の月渓を近くに呼んで、次の三句を書きとらせた。〈冬鶯むかし王維が垣根哉〉〈うぐひすや何ごそつかす藪の霜〉〈しら梅に明《あく》る夜ばかりとなりにけり〉。そして眠るように往生を遂げたという。王維は蕪村が敬愛した唐の詩人で画家。死ぬ間際に王維の面影が浮んだのであろう。「しら梅」の句には、「初春」の題を付けてほしいと望んだ。蕪村が亡くなったのは陰暦の十二月二十五日。生前に春が来ることを願ったのである。蕪村の辞世の句としてはこの句がよく採り上げられる。

蕪村を賞揚した正岡子規は、辞世の三句を自筆で残している。〈糸瓜咲《さい》て痰のつまりし仏かな〉〈痰一斗糸瓜の水も間にあはず〉〈をととひのへちまの水も取らざりき〉どの句も、病との戦いの中で世を去った作家の姿を映し出しているが、特に、画板に貼った紙の中央に大きく書いた「糸瓜咲て」の句が、辞世を代表する句と言ってよいであろう。

いのち

大正二年の八月、作家の志賀直哉は友人と一緒に芝浦に夕涼みに出かけた帰り、線路脇を歩いていて、山手線の電車にはねられた。四、五メートルも飛ばされて背中をしたたかに打ち、頭を石に打ちつけて骨が見えるほどの傷を負ったのである。すぐに知人の外科医がいる病院に運んでもらい、手術を受けた。幸い、命に別状はなかったが、半月ほどの入院を余儀なくされた。

その後、直哉は、打身に効くという兵庫県の城崎温泉に逗留し、三週間ほど療養生活に専念している。そこで生まれたのが名作「城の崎にて」である。

「城の崎にて」の中で作者は、その地で出合った虫や小動物の三つの死を描き、九死に一生を得た己の生と対比している。一つは、泊っていた部屋のすぐ下の屋根で見つけたハチの死であり、一つは、散歩の途中で見かけた死に追いやられているネズミの姿であった。ネズミは、人間に捕まって首に魚串を刺された上、川に放り込まれ、石を投げつけられていた。そして三つ目は、作者自身が投げた石で偶然に死んでしまうイモリの死である。それぞれ、自然の死、人為的な死、偶然の死を小動物たちの姿を借りて描いているが、それは人間の死に置き換えてもよいであろう。

「城の崎にて」は大正六年に発表されたが、その草稿は「いのち」という題で、事故の翌年に書かれている。「いのち」の中では、直哉が遭遇した事故とその時の心理描写に大半が割かれ、城崎でのことは、ハチの死と風もないのに揺れている桑の葉のことしか書かれていない。「城の崎にて」で、新たに、ネズミの死とイモリの死が書き加えられたことが分かる。

私が初めて「城の崎にて」を読んだ時は、ハチとネズミとイモリの死が鮮烈な印象として残った。しかし、時間が経つにしたがって鮮烈なイメージは次第に薄れて、作者が付足《つけた》しのように書き記した一枚の桑の葉の揺れる光景が、彷彿《ほうふつ》と蘇ってきたのである。

「城の崎にて」は生死の大問題を扱っているが、作品の中でその解答は出されていない。だが、作者が意図したかどうかは分からないが、この桑の葉一枚の揺れにこだわる作者自身に、〝いのち〟そのものが描かれているのではないかと私は思っている。

五百万年にもわたる人類の歴史の中で、人類は外敵から身を守るために、また獲物を得るために、鋭敏に神経を働かせてきた。一枚の葉の揺れにも全神経を傾けてきたのである。直哉が一枚の葉の揺れに執着したのは、脈々と受け継がれてきた〝いのち〟の記憶に因るのではあるまいか。

虚子は、自身の〈その穴は日除の柱立てる穴〉の句について、「何のことかというような心持がするでしょうが、何ものかがあると思うのです」と述べているが、小さな穴にこだわる虚子の心にも、直哉と同じような心が働いていたのではあるまいか。

石巻

俳人協会の宮城県支部賀詞交換会に出席したあと、石巻に足を運んだ。曽て『奥の細道』の旅の途中訪れたことのある石巻の町が、東日本大震災の津波で壊滅的な被害に見舞われた様子をテレビや新聞の報道で見ていたが、その実情を自分の目で見、復興の進み具合も知りたかったからである。幸い、大震災の跡を踏査されたことのある坂内《ばんない》佳禰支部長が同行され、道々、丁寧に説明してくださった。

仙石線の車窓からは、随所で、津波に流された跡の平地と嵩上げのための盛土作業が見受けられた。野蒜の駅を少し過ぎた頃、七、八人の女子中学生が乗車してきた。ちょうど日曜日だったので、どこかへ遊びに出かけるのだろう。皆私服で屈託なくおしゃべりをしている。表情も明るく、震災がなかったかのようだ。その楽しげな様子を眺めながら、私は、この子たちが将来、地元の復興の担い手になるのであろうと明るい気持になった。

石巻の駅に着くと地元の本田さんが車で待っていてくれた。まず向かったのが、市中が一望できる日和山である。以前訪れた時は偶々秋祭の日で、町中に祭囃子の音が流れていた。が、今見る光景は、建設用の宿舎を残して海辺までほとんど人家もない無音の平地である。茫然《ぼうぜん》と眼下の光景を見下ろしている私たちに、散歩の途中立ち寄ったという地元の男性が声を掛けてきた。初老の男性はポケットからミニアルバムを取り出すと、津波後の石巻の写真を見せながら、津波は十八波襲ってきて高い時は七メートルに達したこと、石巻市だけで四千人近い人が亡くなり自分の長男も津波で失ったこと、孫は幸い助かり今は嫁の実家に住んでいることなどを語った。散歩の時にはアルバムを携帯し、震災跡を見に来た人たちに話すことで心が楽になるのだという。そして、静かに去っていった。

私たちはその後、全校生徒が助かった門脇小学校と、移築された旧石巻ハリストス正教会教会堂を訪れ、最後に、本田さんが「ぜひ見ておきなさい」という大川小学校の跡を訪ねた。

大川小学校は追波《おっぱ》川の河口近くにあり、津波の際児童七十四名と教職員十名が逃げ遅れて犠牲になっている。校庭には、二棟の校舎とそれをつなぐ空中の歩廊、遊び場が残されていた。歩廊は津波のためにぐにゃりと曲り、遊び場の塀には賢治の〝雨ニモマケズ〟の詩が記され、輪舞する子供たちの姿が描かれてあった。人っ子ひとりいない校庭の正面には新しい慰霊碑が建ち、犠牲になった児童と教職員、地区の人々の名前が一人一人刻まれていた。その前に立ち名前を読んでゆくうちに、悲しみが胸に込み上げてきた。

大川小学校の跡地は震災遺跡として残すかどうか議論されていたが、最近になって残すことに決まったという。私も残すべきだと思う。今まで生き生きと学び遊んでいた子供たちの命が一瞬にして奪われた空虚感が、この跡地には漂っている。津波の恐ろしさを肌身で感じることこそ、大きな教訓になると思うからだ。

校碑にはあらず慰霊碑冬河原

ロウソク

東日本大震災とそれに伴う原発事故で、私の住む市川でも度々計画停電が行われた。その時、最も頼りになったのがロウソクである。

わが家ではふだんからロウソクやキャンドルを使っているので買い置きがあり、わざわざ停電用に買いにゆく必要はなかった。キャンドル数本とロウソクを一本燭台に灯せば、卓上は結構明るかった。中でも、一番頼もしかったのは、四十年前の結婚披露宴の時に立てた方五センチ、高さ三十センチもある大ロウソクである。すっかり忘れ去られていた古ロウソクが、その日の立役者になった。

暗い室内で、ロウソクの周りに集まった家族の顔にゆらめく炎が映えて、不思議な親しさを覚えた。戦中・戦後の貧しい生活の中で、家族が寄り合って暮らした団欒の温かさが、ふと蘇ってきた。

ロウソクの火は、人類が得た明りの原点ではあるまいか。一つの炎に人々は感動し、神聖な気持で見つめたに違いない。その思いは、闇が深ければ深いほど大きなものであった。ニューヨークの同時多発テロの時も、阪神淡路大震災の時も、その跡地では慰霊のためにロウソクが灯された。また、世界中の寺社や教会、聖堂では、祈りの時に必ずロウソクが灯される。それは、ロウソクの明りに、人々が神聖さと命を感じ取っているからであろう。

ロウソクの明りを最も生かした宗教行事に、毎年十一月二十七日に藤沢の遊行寺で催される「一ツ火」がある。衆僧が声明を唱える中、本堂のロウソクが一つ一つ消されて、最後は真の闇になる。その闇の高所に据えられた灯籠に僧が火打石で火を生み出すと、満堂の人々から声ともならぬ賛嘆の吐息が洩れる。光明から暗黒そして光明へ、生から死そして生への変転を、ロウソクの火と堂内の闇が演出するのだ。人々はロウソクの火に、光明の世界と命とを感じ取っているのである。

わが家では玄関や寝室などでロウソクやキャンドルを使っているが、私が今最も愛用しているのが寝室に置いてあるフクロウの香炉である。数年前に都内のデパートで近江展が開かれた折、唐橋焼の店で買い求めたものだ。愛嬌のあるフクロウの顔にも惹かれたが、それ以上に、フクロウの羽に開《あ》いている無数の小穴から洩れる火影を想って買い求めたのである。この火影の効果は私の想像以上であった。

フクロウの胎内にキャンドルを灯すと、小穴から洩れる光が床の間の壁に映って、夏は蛍火のように、冬は降る雪のように見える。しかも、フクロウの背中が半円形に開いているので、かまくらを雪が降り包むかのようだ。

夜、ラジオを聞きながら、私は、蛍の光を見たり、降る雪を見て眠りに落ちる。

道

東山魁夷が戦後から亡くなるまで五十年余り住んだ市川に、東山魁夷記念館が建ったことは知っていたが、作品のほとんどが長野の信濃美術館（現・長野県立美術館）に寄贈されて記念館収蔵の作品は少ないことと、地元でいつでも行けるという気持から、つい足が遠のいていた。が、昨年の冬、住んでいる町の自治会から招待券をもらって、散歩がてらに訪ねてみようという気になった。

記念館は中山法華経寺の裏、木下街道に面した一角にあった。魁夷が留学したドイツの民家を模した瀟洒《しょうしゃ》な建物で、曲屋の主棟が展示室、副棟がカフェと売店になっている。

私が訪ねた時は〝祈りの心〟というテーマで「残照」以後「唐招提寺御影堂障壁画」に至るまでの画家の心の遍歴が作品とビデオを通して紹介されていた。その中に魁夷の代表作の一つ「道」があったので近づいてみると、題名が「静日」となっている。中央をつらぬくまっすぐな道と、左右の草叢《くさむら》、道の奥の丘と空の構図は同じなのにと不思議に思ってよく見ると、「道」が縦長であるのに対して、「静日」は横長であり、「道」では道の先が少し曲っていて色調が明るいのに対して、「静日」では道は水平に尽きて色調がやや暗かった。

その理由は、売店で求めた「『道』への道」という図録を手にしてやっと分かった。図録によると、魁夷が青森県の種差海岸で描いた最初の道は、牧場の道であった。灯台の見える牧場を描いた作品で、放牧された馬や柵の他に何の変哲もないの野の道が一本描かれてあった。その絵からまず馬と柵が消され、灯台へ向かう道として描かれて「静朝」という題名が付けられた。更に灯台が消されて、一本の道だけが描かれ、「静日」の名が付けられた。

ここまでに描かれた道は、牧場の道、灯台の道、一本の道と構図は違うもののあくまでも風景としての道であった。しかし、完成した「道」は、画家が希求した進むべき己の道を描いた心象風景なのである。そのために、道の行方や、色調、構図に細心の注意を払い、また、シンプルな作品ゆえの緊密さを失わないために作品の大きさにまで心を砕いた。

「道」の作品について魁夷は次のように述べている。

「敗戦の前後、どん底へと落ち込んだ私が、どうにか挫折から立ち直って、この道を歩んで行こうとする心の祈りが、この作品に籠っていたのです。それは、明るい陽に照らされた道でも、陰惨な暗い影に包まれた道でもなく、早朝の薄明の中に静かに息づき、坦々として在るがままに在る一筋の道だったのです」と。

「道」は敗戦後の日本人の希望の道ともなり、多くの人々の共感を得たのである。

落語

テレビが一般家庭に普及する以前は、ラジオの時代であった。昭和二十年代に少年時代を過ごした私にとって、就寝前に布団の上で聞く落語や講談は日々の楽しみであった。特に落語が好きだった。

子供時代にラジオで聞くのに慣れてしまったせいか、その後、テレビ落語の時代になってからも、もっぱらラジオで落語を聞いた。そのほうが、周囲を気にせず、落語の世界に没入できたからである。また、寝ながら聞けるのもよかった。

今も、寝つかれない時には、枕元のラジカセで録音テープの落語を聞いている。ゲラゲラ笑っているうちに寝てしまっても、テープは三十分もすれば自動停止するので、あとはスヤスヤ眠れる。好きな演目は何回も繰り返しかけたため、テープが切れたり絡まったりして使えなくなってしまった。この次に買う時はＣＤに変えようと思っている。

落語は、寄席でも聞いた。自宅から歩いて十分ほどの人形町に「末廣」があり、盆や正月休みに父がよく連れていってくれた。四、五十名も入ればー杯になる小さな席亭で、木戸銭を払って入ると、まず、隅に積んである小座布団をとって板敷きの好きな場所に陣どる。少し黴臭《かびくさ》い匂いとほの暗い室内、そして明るい舞台の上の話芸と色物。それが私の中にある寄席の印象である。

落語は滑稽噺《ばなし》から入って、やがて、人情噺、芝居噺、怪談噺などへ興味が広がっていったが、最近はまた昔に戻って「居酒屋」「天狗裁き」「風呂敷」など、肩の凝らない演目が好きになった。

落語家でいうと、五代目古今亭志ん生と六代目三遊亭圓生が好きである。志ん生の出たとこ勝負の自在さ、圓生の艶冶《えんや》な芸に惹かれるのだ。また、この演目についてはこの噺家というのもある。たとえば、「居酒屋」なら三代目三遊亭金馬、「首提灯」なら五代目柳家小さん、「中村仲蔵」なら五代目三遊亭圓楽などである。

偶々読んでいた小泉妙さんの著『父　小泉信三を語る』の中に、慶應義塾の名塾長といわれた小泉信三先生と志ん生の話が出てくる。友人に伴われて文楽や志ん生、圓生、馬生などが小泉邸を訪ねることがあったが、小泉先生は、志ん生を最も贔屓《ひいき》にされたという。志ん生の噺を聞いたあとは、酒席を設けて歓待し、必ず最後に夫の無事を祈る火消しの女房の心を唄った「大津絵節」を所望されたという。謹厳実直な学徒であった小泉先生と、八方破れの噺家志ん生との親交がなんとも頬笑《ほほえ》ましい。

俳句(俳諧)も落語(笑い話)もその発生は戦国時代であり、人々は息抜きとしての笑いを求めた。現代も、事情は異なっても厳しい時代であることに変りはない。俳句にもっと俳諧味を求めてよいと思う。ただ、落語の笑いとは違う、品位ある笑いである。

草木の名

一つの草木の名前を知るのは喜びである。自然の知り合いが、また一つ増えたという感じである。最近、新たに覚えた名前に「トウネズミモチ（唐鼠黐）」がある。江戸川堤を歩いていて、よい香りがする白花の木を見つけてその名前を調べているうちに知ったのだ。垣根によく植えられているネズミモチの仲間であった。

ネズミモチの名は、実がネズミの糞に似て、木がモチノキに似ているところから付けられた。「唐」が付いているのは、中国原産であることを表している。シイの花と同じ頃に咲くので遠目には分かりにくいが、花の香りを嗅げばすぐに分かる。シイの花の香りが腥《なまぐさ》いのに対して、トウネズミモチの花の香りは清楚である。木を知ってみると、河畔だけでなく、庭木や公園の木としても植えられていることが分かった。名前を知らなかったがゆえに、関心が薄かったのだ。

ジゴクノカマノフタ（金瘡小草《きらんそう》）の名を知ったのは、俳句を始めて間もない頃、吟行で地元の方から教わったのが最初である。地べたにロゼット状に這《は》う葉の形と妖しい濃紫の花が、まさに地獄の釜の蓋の感じであった。昔の人は、この蓋を開けて地獄へ行くと考えたのであろう。最近野草の本を読んでいて、この草が古くから薬草として用いられ、地獄に蓋をして、病人をこの世に戻すほどの薬効があるので名付けられたのを知った。なら、どんな病気に効くのか。別名の「金瘡小草」の「金瘡」は刃傷、切り傷の意であるから、止血の効果があったのだろう。では、「きらんそう」の「きらん」の意味は何か。私は、「切らぬ」が訛《なま》ったのではないかと思っている。切られても切られなかったように治るという意味ではないか……そう考えてくると、ジゴクノカマノフタというおどろおどろしい名前が、俄《にわか》に、頼りがいのある親しい名前に変わってくる。

ウバユリ(姥百合)の花を初めて見た時、これがユリ科の花かと思うほど地味で、可哀相に思えた。直立した茎の頂に筒状の緑色の花が数個、横向きに咲いて、花弁はほんの少し開いているだけである。

或る晴れた冬の日、白金台の自然教育園を吟行していて、枯れたウバユリに出合った。花は茶褐色の実となって裂けていたが、その中を覗き込んで、ハッとした。真珠色に輝いていたのである。それは、雲母《きらら》の翼をもった種がびっしり詰まっていたからだ。ウバユリは命を継ぐ種のために、自身の最上のものを用意したのである。

それから一、二年後、雪の信州を旅していて、或る山寺に立ち寄った。本堂につづく位牌堂を見せてもらうと、旧家のものと思われる立派な位牌がずらっと並んでいた。その間に置かれた花瓶には、なんと枯れたウバユリの実が活けてあるではないか。それが辺りの雰囲気にぴったり調和していたのである。以来、私は、ウバユリの枯れた実を〝魂の花〟と呼んでいる。

見えざるもの

今年（令和二年）は、新型コロナウイルスという見えざるものに向き合った一年間であった。

昨年末、中国の武漢で発生したという新しいウイルスは、あっという間に世界中に伝播し、人々を震撼させた。この原稿を書いている十月において、既に世界で百万人を超す人々が亡くなり、わが国でも、千六百人を超す人々が亡くなっている。同じようなパンデミックは、約百年前のスペイン風邪の時にもあった。その時はおよそ世界で二千五百万人の人々が亡くなっている。にもかかわらず、歴史年表には短く二、三行で記されているだけである。第一次世界大戦中だったとはいえ、あまりにも小さな扱いだといえる。

人類の歴史の中で疫病による死者は戦争や災害による死者を上回っているのに、その取扱いはいつも過小である。それは、ウイルスや細菌などが目に見えない存在で、静かに潮が差すように襲ってくるからであろう。

私はこの一年、ウイルスに向き合うことで、目に見えないものの存在を考え続けてきた。原発事故で放出された放射能もそうだし、地球の温暖化の原因になっている二酸化炭素もそうである。草木の茎や幹を上ってゆく花や葉の色素も、風景に動きや奥行きを与える風（空気）も、目には見えない。身近なもので言えば、我々の体の病気の元も、様々に揺れ動く心の源も、目には見えない。そして、未来や死の世界、宇宙の果ても、我々には見ることができないのである。

こう考えてくると、我々が見ている世界は極めて限られた世界であって、他に、目に見えない無辺の世界があることが分かる。

そんなことをあれこれ考えながら川沿いの道を歩いていると、ルーテル教会の前にさしかかった。そこの掲示板にふと目をやると、『新約聖書』の言葉が飛び込んできた。

「私たちは見えるものではなく、見えないものに目を注ぎます。見えるものは過ぎ去りますが、見えないものは永遠に存続するからです」（コリントの信徒への手紙）

牧師がコロナ禍の世を思って、パウロの書簡の一節を選んだのであろう。見える世界と見えない世界を統べるものが、神である。

最後にこの一年間、新型コロナウイルスと向き合って詠んできた句を幾つか挙げておきたい。

ウイルスを鎮めて桜隠し降れ
疫《え》病《やみ》より言葉おぞまし卯月寒
大地ゆれ雷鳴り見えざるものの威よ
ウイルスもこの世の一微金瘡小草《きらんそう》
「金瘡小草」はジゴクノカマノフタ
蟇よわれ等も原始の代より生き抜きし

来年は、コロナが鎮まり、明るく開放的な日常が戻ってくることを願っている。

空地文化

三峯神社の吟行を終えた後、西武秩父駅へ出た。予定よりかなり早く着いたので、先発の電車に乗り換えようと思っていると、地元の人たちが、ぜひ新しくできたラビュー号に乗ってゆきなさいという。急ぐ旅ではないので、秩父の町を歩いて待ち時間を過ごした。西武秩父駅から目と鼻の先にある秩父鉄道の御花畑駅は、ローカル線の小駅で、曽て春秋の季節にはお遍路さんや行楽客で賑わったが、今は無人駅かと思うほど閑散としている。秩父神社に向かう途中の商店街も人影が少なく、シャッターを閉めた店や空地が目に付いた。十二月三日の秩父夜祭では夜を徹して賑わう秩父神社も、参詣者が疎らでひっそりとしていた。それに反して、新築なった西武秩父駅には土地の名品店が連なり、温泉までも備わっている。

これは秩父の例だが、私が訪れた地方都市の多くも似たり寄ったりであった。駅ビルは店が集中して賑わいをみせているが、一歩駅を出た古くからの商店街は閑散としてシャッターを閉じている店が目に付く。そして、町の郊外に足を運ぶと、人影も疎らでうらさびれているのである。

私が住んでいる市川市も例外ではない。都心に近く快速も停車するので、駅周辺には次々とタワーマンションが建ち人口も増加しているが、駅から百メートルと離れていない仲通り商店街ではシャッターを閉じた店や空地が目立つ。偶《たま》に新しい店が建ってしばらく賑わっても、やがて客足が途絶えて、いつの間にか店を閉じている。客の多くは駅ビルや周辺のスーパー、コンビニで買い物を済ませて、商店街は素通りしてしまうのだ。

人口が駅周辺に集中して、その間を鉄道がつなぎ、周りは空洞化する現象が今、日本全国で起こっている。こうした中で、空地の性格も昔と今ではすっかり変わってしまった。最近目にする空地は、高齢者が住み捨てていった家の跡地が多く、草地のまま売地となっていたり、駐車場になっていたりする。そこで遊んでいる子供の姿は皆無といっていい。

私が少年時代を過ごした戦後の東京の空地は、空襲で焼野原になった跡地で、草が茫々と生い茂った放置されたままの空地であった。そこで、子供たちは貝独楽《べいごま》をしたり、紙飛行機を飛ばしたり、隠れ鬼や押しくら饅頭をして遊んだ。広い空地は草野球場となり、凧揚げの場となった。また空地は、町の子にとって小さな自然でもあった。そこで、蝶やバッタやセミを捕まえ、コウモリを追いかけた。夕方になると空地には紙芝居屋がやってきて、子供たちの輪ができた。空地は、文化の場でもあったのだ。

私は空地文化に育った一人である。草茫々とした空地で遊び、友人をつくり、自然を知り、物語に憧れた。私が今、俳句を詠んでいるのも、小さな空地の自然から大自然への憧れを抱いたゆえと思っている。現在、我々が目にする空地は、うらさびれて閉ざされた空地が多いが、私が子供の頃に遊んだ空地は、草いきれの芬々とする開放された空き地で、新たなものを生み出そうとする熱気に溢れていた。

あとがき

平成十八年から「若葉」誌上に書き始めた随想「花鳥雑記」が、思いもかけず十六年間続き、二百篇近くになった。その中から九十余篇を選び、総合誌などに発表したものや書き下ろしたものなど数篇を加えて、百篇とした。

内容は、季語や言葉、俳句に関するものが半分、私の身辺の随想が半分である。自然や俳句から題材を得たものが多いので、題名を「花鳥雑記」とした。

今回も、敬愛する画家で「若葉」同人の藤田桜さんが装画・装幀の労をとり、題名にふさわしいイメージを創り出して下さった。

また、刊行に当たっては、東京四季出版の西井洋子さん、淺野昌規さんに大変お世話になった。記して厚く御礼を申上げたい。

令和五年三月

鈴木貞雄

著者略歴

鈴木貞雄（すずき・さだお）

昭和十七年二月一日、東京生れ。

清崎敏郎に師事。

平成十一年から令和四年まで俳誌「若葉」主宰。

俳人協会名誉会員。日本文藝家協会会員。

句集に『月明の樫』『麗月』『遠野』『過ぎ航けり』『墨水』『うたの禱り』、アンソロジー『森の句集』、自註句集『鈴木貞雄集』。

著書に『わかりやすい俳句の作り方』、共著に『風生俳句365日』『富安風生の世界』など。

俳句的随想
花鳥雑記　かちょうざっき

二〇二三年五月十日　第一刷発行

著　者●鈴木貞雄
発行人●西井洋子
発行所●株式会社東京四季出版
〒189-0013 東京都東村山市栄町二―二二―二八
電　話　〇四二―三九九―二一八〇
ＦＡＸ　〇四二―三九九―二一八一
shikibook@tokyoshiki.co.jp
https://tokyoshiki.co.jp/

装幀・装画●藤田　桜
印刷・製本●株式会社シナノ
定価・三〇八〇円（本体二八〇〇円＋税一〇％）

ISBN978-4-8129-1081-8
C0095 ¥2800E